U0092583

日晷之南

日本文化思想掠影

邱振瑞——著

目次

我的日本閱讀

推薦序

循著一位詩人的視點，探看日本的文化風景

詩人　李敏勇

翻閱邱振瑞《日晷之南：日本文化思想掠影》的篇章時，突然想起年輕時讀到李永熾譯介的德國小說家托馬斯・曼一本書《歌德與托爾斯泰》。日譯者高橋義孝說，「在語言的所有意義裡，《歌德與托爾斯泰》始終是一部有趣的書。」。而經由李永熾的漢譯，我讀到了描述俄羅斯小說家托爾斯泰造訪德國，在歌德家鄉威瑪，透過參訪一所小學汲取先進國啟蒙教育，追尋近現代化的那一種知識分子、文化人的心境。十九世紀的托爾斯泰和十八世紀的歌德的相遇，是經由一位兩個世紀之間的一位教師的精神連繫，象徵文化接觸。邱振瑞的視野觸及日本，經由日本，也觸及世界。

戰前，台灣的知識分子、文化人，經由日本的歐洲視野，也追尋著近現代化。文化

協會的參與者們站在台灣的土地上，憧憬著改造自己的社會，突破被殖民的困境。所謂文化，所謂近現代化，畢竟是新意義的形式和儀式，有相對於「過去」傳統包袱的新空間意識和時間意識，是人面對新社會和新國家的視野……這是必須學習的視野。在戰前的台灣，那是日本，那是歐洲，那是世界，而戰後呢？

日本，曾經成為戰後台灣從日本化轉而中國化的禁制。中日戰爭或日中戰爭的情意結，讓類殖民統治台灣的國民黨中國體制把對日本的敵意，加在台灣人意識之中，以中國化取代日本化。清帝國戰敗把台灣割讓給日本，自被日本殖民成了台灣的原罪。日本文化成為邁向現代化的一部分，其實近代中國也有頗有日本視野。事實上，統治台灣的國民黨中國統治當局，不只與日本共同站在「反共」的戰線，蔣介石的軍事體系也曾仰仗日本的軍事教官，但政治功利大於文化價值。經過明治維新的日本，對台灣和中國都是相對進步的國家。對台灣，甚至對中國，顯現近現代化更寬廣的視野……文化上，日本有許多值得觀照的地方。

邱振瑞是稍晚於我世代的詩人，一九八〇年代末負笈日本，應該是對日本文化有私儀，也有探尋之心。台灣解嚴那年，我去美國參訪海外台灣人團體，回程經過日本時，看見多時不見的他。幾年之後，進入新世紀，在台灣的他已是廣泛涉獵日本文化、文學的翻譯家，譯介了許多日本文學作品，著譯的出版在書肆佔了一席之地。他的日本閱讀極為廣泛，時間的縱深綿長百年，空間的寬度包括了文學、哲學、歷史、社會……是一位活躍的文化捕手。

知識分子和文化人，有一個觀照的角度是讀書界，是不斷地廣泛地閱讀，以建構自己的思想視野。邱振瑞就是這樣的一個人，他極為專業地尋書讀書，遍及日本文學、文化……，經由書寫呈現他的再觀照。他的譯介的業績包括許多小說，《日影之舞》這本日本現代文學散論，他把「二十世紀前作家」和「二十世紀作家」的形影，輯成「日之篇」，把「戰爭與日本文學」、「權力與日本文學」、「身為職業作家」、「作家與市場」、「文字漫談」輯成「影之篇」。讀書界的邱振瑞事實上也是著述界辛勤的投手。

以二十餘篇「日本作家面面觀」和二十五篇「日本文壇百年回憶錄」合而為《日晷之南：日本文化思想掠影》，是邱振瑞繼《日影之舞》之後，又一本關於日本文學，以及日本文化的探觸隨筆。隨筆——這種與散文相似，但又不完全是散文的文體，流露日本的文學況味！一種自由自在，作者穿越其中，出入其中，閱讀起來言之有物又不那麼嚴肅沉悶的文體。在邱振瑞筆下侃侃道來，活潑生動。邱振瑞搜羅日本文學、文化書籍，堪稱一位勤奮的博學者。真正的讀書界就是如此，他的日課幾乎是讀書與寫作，像蠶一樣咀嚼桑葉吐出蠶絲。

戰後的台灣，從日本的關連而中國的關連，作為台灣文化一部分的日本文化被中國文化取代。戒嚴長時期對日本文化的輕忽，既不知日又不識日。解嚴以後，台灣與日本重建了文化連繫，但偏重於大眾消費社會的傾向形成某種輕薄性的流行。像邱振瑞這種日本文化隨筆，對於彌補日本文化視野的欠缺是極有助益的。每次讀到他相關的文章，都感到一種特別的興味，彷彿看著他在尋覓，在挖掘，在分享，有難以言喻的喜悅。

私風景，私の風景，應該是說極為邱振瑞式的日本文化觀照，因為捕捉和陳述的是邱振瑞極富個人風格的視點。他以一個詩人的筆觸，經由閱讀而再現於他的文筆，行句之間充滿他的思緒。有時你甚至可以感覺到他顯現的喜悅或讚嘆。穿越漫長時間，日本作家在詩、小說、評論領域，相關的人、事、物構成的文學、文化樣貌，在他筆下彷彿織錦一般，形成某種知性和感性交織的風景。

在日本的南方，在日晷儀的南方，台灣與日本、韓國一樣，都曾經在日本文化圈形塑自己的文化與社會，也各自發展自己的文明。台灣應該對這樣的周邊國家有所理解，對周邊文學、文化動向有所理解。邱振瑞的《日晷之南：日本文化思想掠影》正是值得好好閱讀，像欣賞風景，探看日本近現代心靈側影一樣的書冊。相對於德國，後進國俄羅斯的小說家托爾斯泰，為了教育自己國家的兒童，去德國家鄉威瑪一所小學取經，尋求經由先進國已形成的文化形貌改造自己的國家，台灣也應該有這樣的意志和感情，未脫被殖民心境，未離迷惘國度心態的台灣，要開拓文化視野，形成讀書界。邱振瑞的詩人視角探看日本的文化，形成的窗與鏡是值得鑑照的風景。

總序

邱振瑞

二〇一八年六月，我出版了《日影之舞：日本現代文學散論》（蔚藍文化），如果說，在我的寫作生涯中，這部書籍的出版占有什麼樣的位置，我認為其肩負著我長年以來夙願的初步實現，一個無所定師的文學旅人，試圖對於日本文學思想提出看法的一個嘗試，哪怕是浮光掠影的捕捉，它都完整收錄著我思惟過後的思想痕跡。因為我就是沿著這些零散的印跡，開始那沒有盡頭的文學旅程。

然而，正如社會科學領域的研究一樣，每篇論文和研究都始於某個高尚的動機，寫作動機扮演著核心的角色，發揮著關鍵的力量，作者受到這個動機的催促和激勵，從模糊的概念到架構的創建，都得益於這個原始起點，在某種意義上，它與歷史學寫作一樣，亦是一種社會實踐。而我作為眾多人文社科的作者之一，同樣無法自外於這個規律，甚至要避免不自覺地擺出故作清高的醜態。進言之，我若要完成這個（高貴的夢想）任務，就必須時時刻刻維繫著這個信念，然後次第而穩健地前進，像如一名潛心苦行的僧侶，不惜身命地修行，在於行動本身的意義，高於一切抽象的價值。

此外，我還堅信只要專心研讀不凡的思想作品，認真誠懇地投入寫作狀態，它就能帶來諸多妙處，至少它可以除掉虛榮心和自負感，對自己不存幻想，更能謙卑地思考和解釋人類最高的才華，敬畏已知的和未知的學問。如馬克斯・韋伯所說「科學的本質，就是渴望被超越」。在此，我借鑑這個啟示稍為申論，不止科學渴望被超越，文學思想和歷史書寫研究，同樣不希望守在死胡同裡，它比其他的學科更渴望推陳出新，以此更新停滯的生命。出於上述兩個動機，我進入五十歲以後，開始構思這趟孤獨自在贈與我的旅程計畫，我打算在《日晷之南》這系列，依序寫出「日本文化思想掠影」、「日本近現代思想簡史」、「日本近現代文學簡史」、「日本近現代美術簡史」、「日本佛教通史」、「日本漫畫小史」、「日本暢銷書的歷史」、「昭和文學風景」、「日本思想家肖像」、「日本作家群像」等主題的著作，以此書籍的寫作反思自身的存在意義。

當然，在寫作策略上，我深知撰寫這種題材的書籍，應當避免僵硬的學究氣，不能糾纏於理論細節，自以為是地把讀者推向昏睡的邊緣，而必須要求自己寫得豐富而有趣，結構工整和文風優雅。直白地說，寫書就得具有引人入勝的技藝，不能成功地把讀者帶進你建構的思想世界，那僅止是自我滿足的虛榮之舉。正因為我深知這嚴峻的挑戰和要求，從來不敢有鬆懈的立場，更拒絕僥倖心理的誘惑。不過，我到底有無能力再現這些思想的風景？抑或只是虛有其表，就敦請讀者以最嚴謹的目光閱讀批評了。不僅要掠影其蹤，更要指出我破舊的罩門。

最後，我要感謝詩人李敏勇先生作序，在我以詩歌探索生命奧義的路程上，其詩人的抒情文思，給了我深刻的啟迪，我作為詩人後輩感到無上的光榮。與此同時，我還要向所有相助於我的親人朋友，致上萬分謝忱，沒有他們的善緣助行，我的文學之旅將寸步難行而變得乏善可陳。謹以簡單數語，向他們感謝致敬。

二〇一九年元月二十九日　於臺北陋居

日本文壇
百年回憶録

1.

一八七〇（明治三）年，四十二歲的通俗作家假名垣魯文（一八二九－一八九四），因沒有穩定的經濟收入，住在淺草的寢釋迦堂附近的大雜院裡。身為一名通俗小說作家，儘管他以江戶時代的娛樂為寫作題材，但依然受到時代因素的制約。恰切地說，明治三年，正值明治政府掃除全國所有反對勢力，進入政權相對穩定的第三年。對從江戶晚期過渡到維新時代的假名垣魯文而言，他不斷的思考，今後要寫作什麼題材，要如何維持生計，應該找點新奇的創意，抑或取得可供模仿和參考的藍本，這個想法如繩索纏繞，並催促他付出行動來，因此，他幾乎每日到街上的書店裡翻找。

所謂心誠則靈，眷顧的書神向他微笑了。此時，假名垣魯文找到了福澤諭吉的《遊遍世界》一書，這本書於前年出版的，他為此大喜過望，就需要這樣的書籍，充作寫作題材的動力。另外，他又購入同為福澤諭吉的著作《西洋國情》、《西洋旅遊指南》、《西洋食衣住簡介》等書。他之所以購下這些書籍，在於將以此為摹寫的底本，開始撰寫模仿類似十返舍一九（一七六五－一八三一）的《東海道徒步旅行記》的作品。在此之前，他曾經模仿前者寫過《參訪富士山笑談》、《江戶徒步旅行記》的作品。這些作品的初篇，是他於明治三年九月完成的，委請朋友落合芳機為書插畫。他在《航海萬國西洋徒步旅行記》卷頭的「凡例」中，這樣寫道：「（滑稽體遊記）始祖十返舍一九於享和二年春刊印之《東海道徒步旅行記》廣為傳世，倏忽已六十九年。（中略）吾以寫作通俗小說博取訕笑，以此糊口維生，蒐集稗史引來各方嘲諷，然仍需為五斗米折腰。吾深知讀者趨奇鶩新而未止，因而創造彌次北八第三代孫到外國遊歷之趣聞（中略）。近來，吾輩文盲者眾，不讀通俗之外，而欲學知外邦之事，然於文物典盛之近代，諸如福澤先生等洋學先進，若著述翻譯書籍更豐，吾人必能依其階梯登升高位……」

假名垣魯文在自己的作品中，創造了兩個與十返舍一九同名的人物，他們相當於十返舍一九所創造的彌次郎兵衛和北利喜多八的孫子，而且將他們安排住在橫濱的辨天街的「大雜院」裡，以經營「西洋廉價品」維生。然而，他們將店面的生意交由妻子掌管，自己則到外面兜賣，賺取些許仲介費，才勉強維持生活。這二人不求上進，過慣了遊蕩的日子，很害怕妻子管束。儘管如此，故事為這二人安排找到了出路。也就是，他們作為富商大腹屋廣藏的隨從，跟隨老闆乘船跨海前往英國的首都倫敦參加了大型博覽會。他把船隻經過上海、香港、新加坡、雅典、瑞士等旅途風光，或多或少寫進作品裡面，但是這部《西洋徒步旅行記》有其很大的敗筆。那就是在故事當中，他們二人的胡鬧和滑稽搞笑，顯然與「徒步旅行」中應有的實境氛圍不符，在描寫外國風光方面，或以小說的結構來看，都寫得很粗糙，而且看得出來，這幾乎是他邊寫構思的結果。因此，有評論家毫不客氣地批評道，「這部通俗小說，與其說是福澤諭吉的《遊遍世界》一書的翻版，毋寧說是剽竊來的偽作。

2.

談及福澤諭吉獻身教育和翻譯方面的成就，在此我們可能要暫時擱置其引來爭議的「脫亞入歐」觀點，冷靜回顧其生平和學識歷程，這樣方能得到持平的認識，進而理解他在日本近代史中的地位。福澤諭吉生於一八三四（天保五）年，是父親福澤百助（九州豐前中奧平藩的武士）的么子。不料，在他三歲的時候，父親去世，母親將他帶回故鄉中津照料。他於孩童時期，即顯現出好強和嫉惡如仇的性格了。他二十一歲之時，經由同藩朋友的幫助前往長崎遊學。彼時，日本尚未敞開鎖國的政治體制，就地緣政治學而言，這時唯有透過長崎這個「偉大的窗口」才能汲取歐洲的先進文明。福澤諭吉是極富行動力的人，他很快地住進了槍砲專家山本物次郎的家裡，開始學習荷蘭語。然而，他自覺不夠精進，於翌年，前往了兄長工作的地點大阪，進入蘭學（藉由荷蘭語書籍研究西方學術、技術、海外情況等的學術總稱）的最高權威緒方洪庵的私塾學習。不過，就在他力求上進的隔年，他卻遭逢兄長死亡，繼承家業的重負，他在緒方的私塾裡表現優異，終於成為正式的塾生。

福吉諭吉二十五歲（安政五年）的時候，來到江戶的鐵砲州（今東京都中央區湊町・明石町附近的舊稱。又有一說，幕府用來試射鐵砲的地方）奧平藩的宅院裡，給同藩的子弟們教授荷蘭語，為將來吸取新知鋪平道路。其後，一場奇妙的際遇，很大程度改變了他的世界觀。某日，他到橫濱四處探訪，看到外國人，即以荷蘭語交談，但是他旋即發現，荷蘭語完全派不上用場。經由這個意外的震撼，他改變了想法，幾乎是獨自摸索的，開始專心致志地學習英語。或許，老天已看見他深刻的努力，並決定給予試煉的機會。這一年，幕府任命木村攝津為外交使節派往美國，福澤諭吉亦被遴選為隨員出訪，翌年年初，該外交使節團搭乘咸臨輪，從品川近海出發，經過三十五天的航程後，停泊在舊金山港。他們進入美國境內，到各地考察，於五月，該外交使節團返回浦賀港。

對福澤諭吉而言，這趟美國之行，不止是擴展世界觀的佳機，亦是他獲取新知識和建構學問的來源。在隨行考察期間，他買了一冊《韋氏英語辭典》，這本辭典的引用，為其學問打下重要的基礎。此外，他似乎天生就具有出版家和譯者的稟賦，把實學和實用主義發揮到極致。因為，在這一年，他翻譯並出版了支那語的英語辭典《華英通語》。以其作品的出版順序來看，這是他初試啼聲的作品，而且年僅二十七歲，英氣煥發的年紀。

3.

從那以後，福澤諭吉英語和荷蘭語的卓越能力受到肯定，幕府漸次倚重其在外交問題的才幹，後來主要負責外交文書的翻譯。在此，我們看得出福澤諭吉的遠見雄略。對於側身幕府晚期的低階武士而言，要在那樣的政治體制出人頭地，似乎只有兩條出路：首先，鍛鍊高超的刀術揚名天下，其次即獻身於儒學研究，成為有學問的人，為幕府的思想體制做出貢獻。由此可看出，福澤諭吉在這關鍵時刻，比同時代人更早察覺到時代的氣息，他機敏感受到嶄新而巨變的時代即將來臨。其後，歷史也為他證明，他選擇翻譯和啟蒙文化的事業，顯然比當個皓首窮經的儒學家的成就高得多。一八六二年，他再次被拔擢為包括三十八名官員在內的訪歐使節團中擔任口譯人員，於一月，搭乘英國軍艦奧丁號從品川港出發，途經印度洋，四月，停靠法國馬賽港，進入巴黎（考察了植物園、製陶所、印刷所、武器博物館、醫院等等），遊歷了英國、荷蘭、普魯士、俄羅斯、葡萄牙等國，翌年一月，這率團為與歐洲諸國維持友好通商條約的「文久使節團」返回了日本。

然而，在這樣激盪的年代裡，仍然存在著潛在危險，也就是，主張開國與攘夷兩派的嚴重對峙。擔任隨行口譯員的福澤諭吉，無論主觀上同意與否，同樣無法置身外。在激進的攘夷派看來，福澤諭吉積極地參與外國事務，等同於背叛和賣國行為，甚至藉機要除掉這個賣國賊。儘管情勢嚴峻，福澤諭吉沒有退卻下來。這次，他隨團訪問歐洲期間，在英國買下大量書籍帶回日本，深入閱讀和研究。一八六五年，《西洋國情》這本暢銷書，就是在此基礎上，加諸他訪歐的旅途見聞寫就的。是年，他翻譯出版了《雷銃操法》（來福槍操作手冊）這套奇書，為幕府軍隊操練西方武器的奠定了重要基礎。

為了爬梳更多的歷史真相，我們有必要深入了解《來福槍操作手冊》成書過程，因為透過這樣的回述，面目漸失的歷史很可能得到廓清，讓我們避免霧裡看花的窘境。從政治立場上來看，福澤諭吉是支持幕府體制的，並且勇於付諸行動。例如，當年幕府軍隊討伐長州藩之際，卻失敗而歸，據說，原因在於長州軍隊持有英國進口的來福槍，威力十分強大，幕府舊式的鐵砲完全派不上用場。或許是命運所定。就在他得知「來福槍」這新型武器的厲害，有次，他到芝口的「和泉屋善兵衛古本書店」逛逛，這時候不諳英文的老闆，卻向他出示了一本洋書，問及這本書的內容寫些什麼……。而這正是福澤諭吉想要的來福槍的書籍。老闆隨意向他開價，他沒多說什麼，就依照這價錢買下帶回研究。

問題是，福澤諭吉在此之前從未看過抑或實際觸摸過來福槍，要真正理解這種槍枝，僅憑這樣的書籍，恐怕如隔靴搔癢般的不真實。幸好，當時他的妻弟土岐謙之助，在江川太郎左衛門門下學習槍砲和兵學戰術，他借來了真正的槍枝，提供給姊夫福澤諭吉仔細研究。於是，福澤諭吉按著原書圖式一一拆解，然後又重新完成組裝。福澤諭吉這拆解和組裝槍枝的動作，在土岐少年看來，簡直驚訝到無以復加的地步，因為他在私塾裡的學習過程中，從未看過這樣的神奇本領。進一步地說，不僅幕府有此需求，其妻弟為新知識所震撼的感嘆，也是他著手翻譯《來福槍操作手冊》的動力之一。

4.

另外，從幕府的實際行動中，可看出他們對於軍事武器的需求。一八六六（慶應三）年一月，幕府向美國購買了軍艦和大量武器，由使節小友五郎率團前往美國點交，福澤諭吉又身負重任隨行，他們在紐約、華盛頓等地短暫停留，於六月返回日本。這年的十二月，福澤諭吉進而實現早年的夢想，他想創設自己的私塾，他買下了有馬藩位於新錢座的宅院，把那裡打造和擴建成新設的私塾。翌年四月，私塾竣工落成，他也移往私塾居住，取名為「慶應義塾」開講授課。他於前年出版《西洋旅遊指南》、《西洋衣食住簡介》以後，又著述出版《圖解窮理》。

或許只能說，這是歷史進程的巧合，就在福澤諭吉創立「慶應義塾」那年，德川幕府體制崩解，經由無血開城和大政奉還的重擊，維繫長達二百六十四年的江戶幕府政權宣告結束，明治天皇建立了新的政府，開始邁向維新之路。明治政府建立伊始即求才若渴，積極招募有西學背景和技能的卓越之士，福澤諭吉、柳河春三、神田孝平等人，都是明治政府選中的精英。然而，福澤諭吉的價值理性並未因此「招安」折損，他真正的使命在於著述和教育，而非在朝當官，所以沒有答應。其後，他的著作果然發揮著很大的啟蒙作用，如哲學家對於啟蒙的妙喻，啟蒙之星劃過了黑暗的天空。他撰寫的書籍備受日本國民矚目，猶如邁向新時代的燈塔，再版數十次和不斷增刷，他將這龐大的收益，全投注在「慶應義塾」的經營。一八六九（明治二）年，他出版了《英國議事院談》和《遊遍世界》。一八七一（明治四）年，他購下位於三田的舊島原藩的宅院，把慶應義塾改建成西洋式建築，逐步落實和推動人人平等的教育理念。

我們必須把視點拉回到仮名垣魯文這位通俗作家身上，回到《西洋徒步旅行記》的話題。正如前述，一八七一（明治四）年，仮名垣魯文寫出《安愚樂鍋——牛肉火鍋店雜談》一書，出現在《西洋徒步旅行記》初篇當中。這本書的主題在於，以詼諧的筆觸描寫和肯定（明治時期）文明開化的重要性。他把人物設定在一家牛肉火鍋店裡，由此點化出新舊生活風俗的交替，日本人因宗教的因素不食牛肉（德川幕府時期禁止民眾食用牛豬等四足動物），到新時代的呼求，徹底地改變了大眾的飲食觀念。然而，在政治經濟體制以西方為師的明治政府，反轉舊時代的生活習慣，積極鼓勵食用牛肉，強調牛肉的營養和強健效果。在此牛肉至上論的影響下，東京市民們為了追趕時代潮流紛紛響應，相偕奔向火鍋店，大啖牛肉體驗現代化的新奇。假名垣魯文就採取這樣的視點，勾勒日本人在西方風俗的衝擊下，所呈現的生活面貌。

5.

確切地說，假名垣魯文成為通俗作家的背景，在今天看來，仍然給讀者和未成名的作家帶來某些啟示。假名垣魯文本名為野崎文藏，一八二九（文政十二）年，生於京橋的鎗屋町。他的父親野崎佐吉為賣魚郎，平時喜歡創作俳句和狂歌，是個生性風雅的人。在這種環境的熏習下，野崎文藏從少年時代開始，即愛好閱讀通俗小說。不過，由於家裡貧窮，他到富裕的商家當學徒。很湊巧，那時有個深諳面相的人對他說：你將來撰寫小說的話，必然成名大利。得到這番預言的鼓勵，他旋即立下志向，於十八歲之時，拜師戲作小說家花笠文京的門下，努力修習通俗小說的寫作。

他入門修習寫作之道的翌年，從其師父花笠魯介文京的名字中，取了「英魯文鈍亭」做為筆名。事實上，他比誰都清楚，有此筆名運用，只是寫作事業的開端，必須打響自己的知名度。於是，他寫了一本《名聞面赤本》的小冊子，並向師父、前輩朋友、劇作家和俳人等尋求贊助，為其小冊子題寫俳句或和歌，以拉抬知名度。他這個做法獲得了將近四十名文人的贊助，並為其作品執筆增色，其中包括第三代的並木五瓶、第二代的河竹新七（即後來的默阿彌）、第五代的鶴屋南北、第三代的十返舍一九、山東京山等文人作家。這種作家之間互相的題作，可以說是當時是賣文維生者的習慣，也是友誼的見證，好比現今作家為同行撰寫推薦序文一樣。在此，必須指出，以剛出道的他而言，能夠獲得當時聲名鼎盛的瀧澤興邦（筆名：曲亭馬琴）為其書寫上幾句話，等同於大師加持過的光明。

一八四八（嘉永元）年七月，其師父帶著魯文到曲亭馬琴位於四谷信濃町家裡造訪。彼時，曲亭馬琴已經八十二歲高齡，他的兒子宗伯很早離世，由其五十餘歲的媳婦阿路協助口述寫作。這有其原因，曲亭馬琴約莫於八年前，即幾乎雙眼失明，耳背很嚴重，在這身體機能的局限下，他不可能執筆撰文，只能透過口述，由阿路代筆寫下。（俄國小說家陀斯妥耶夫斯基的長篇小說《卡拉馬助夫兄弟們》，也是以口述方式，由後來成為第二任妻子謄寫員筆記）。然而，魯文的師父畢竟是愛徒心切的，向大師曲亭馬琴懇請賜文，最後曲亭馬琴拗不過文壇後輩的請託，只好當場口述了一首狂歌：「若能巧作豆醬湯，世人自有好口碑。」相贈。其後，魯文將大師的狂歌輯入書冊，開始準備付梓事宜。同樣的，他很關心裝幀，委請溪齋英泉為其封面作繪，本文由田松軒撰寫，再刻在木板付印。一八四八年十一月六日，《名聞面赤本》出版面世，但是晚年被眼盲耳聾折磨的曲亭馬琴，也在這天撒手人寰了。

6.

從師徒的關係來看，魯文頗受到其師的提攜，這是他生涯中的幸運，一份難得的福分。魯文拜師學藝六年後，即他二十四歲那年，終於自立門戶，與妻子阿好在湯島的妻戀坂的自家門口，掛上了專業文人的招牌。這塊招牌寫著：「談笑諷諫　滑稽道場　御誂文認書　江戶作者鈍亭魚文」。換句話說，魯文的營業項目有幾個特點：以平實的稿酬為前輩作家增潤或製作文本，代客寫信、撰寫廣告文案等，其餘時間，也用來撰寫自己的作品。不過，僅憑這些委託案，仍然無法維持生計，只好在家裡兼售日用雜具，其後還得做點文人副業，賣起了黑牡丹藥丸。一八五五年十月，他寫了一部單篇作品，一百頁左右，插畫二十頁，以當時的稿費行情，可得二兩稿酬。我們如果把這部作品的字數，換算成現今日本常用的稿紙，即每枚四百字稿紙，大概有六十六枚之多，這樣每枚稿費為七厘六毛。

這日完稿後，魯文請妻子將草稿送至位於日本橋的出版商，稿酬分為兩份，一份支付尚欠的地租，餘下的用來購米。然而，所謂天有不測風雲。就在這一天，妻子阿好在井旁淘米，魯文則窩在棉被裡讀書，此時卻突然發生了大地震，這即是著名的安政江戶地震。魯文幸好有梯子擋住，只被半埋在牆土下。儘管面臨地震災變，機敏的出版商仍然把危機變為商機。其中有個出版商老闆，就登門造訪了魯文，希望以紀實報導的文筆，寫成三卷本的《安政見聞誌》紀錄這場地震，他願意高額支付十兩稿酬，他說完話，立刻付了定金。魯文看到生意自動上門，心想僅止這些稿費，這日的生活費即有著落，於是當場欣然應允。不過，魯文要收下這份厚禮，還必須克服些障礙。因為委託者要求魯文於三日內完稿，而魯文自知，憑他個人的力量，不可能完成這緊急的稿約。當他為此苦惱之際，恰巧為《名聞面赤本》繪製封面的畫家徒弟來訪，他忖想著，對方單身尚未娶妻，應可助他解決眼前的難關。魯文希望他們二人共同完成這部書稿，他願意將一半稿費分享給對方。交易談定之後，他旋即分工進行，花了三個晝夜，終於完成了這部書稿。依照口頭約定，專業作家和畫家之徒，各得五兩的收入。這是在魯文的生平中，得到最多稿酬的一次。

自江戶時代起，幾乎所有通俗小說作家，都得兼做其他差事方能維持家計。例如，當時曲亭馬琴已經是享譽盛名的大作家，他還得販售活化血路的神女湯和家傳丸藥；有的作家則販售益智安神的讀書丸或者家庭常用藥品。與假名垣魯文同時代的明治初期的新聞記者二世春水，他還得經營古本屋增加收入，高畠藍泉當街頭藝人兼作畫像，直言之，他們不得不以各種方式打開自己的生活道路。有時情況更為荒唐，那就是陪同富豪子弟進入吉原妓院區（注：江戶幕府公認的遊廓。舉凡商人、富農、武士、大名〔諸侯〕進出其中，直到一八四九年，有四千六百名妓女設籍於此），替他們拿煙袋、當小廝，仰其鼻息，賺點零用小費。假名垣魯文就品嚐這種苦楚的滋味，這亦是他後來棄文從公的原因之一。

一八七二（明治五）年，假名垣魯文四十四歲。之前，他寫過《黃瓜使者》、《西洋料理通》、《世界都路》等，但這些全是模仿福澤諭吉的作品，並非親自體驗和知識，亦即搭乘西學時尚的便利，摻雜詼諧嘲弄的賣點。然而，這一年時代轉變，市面上已發行數種新聞報紙了，受到這個現代性的衝擊，原先閱讀通俗小說的讀者，逐漸將目光轉移到報紙上。那時候，假名垣魯文已是暢銷書作家，生活卻仍然面臨困難。是年二月，位於皇宮城東門之一、隸屬兵部省的舊會津藩邸第失火，加上西北風的助燃，火勢延燒到京橋、銀座、木挽町一帶，那裡幾乎被燒毀劫空。毋庸說，許多書店亦毀於這場大火之中。一八七三年，出於對生活的感悟，仮名垣魯文就此結束了著述生活，而搬到橫濱。從交通方面來看，前年橫濱至新橋的鐵路已經開通，往返兩地方便許多。而且仮名垣魯文很想獲得穩定的生活，最後他受雇於神奈川縣廳（縣政府），過著月薪二十圓的職員生活。相較於明治政府初年，舊武士階層多半都能獲得公職官吏的處遇，出身平民的仮名垣魯文，能進入縣廳當差，也算是另類的出人頭地。畢竟，當作家無法用文筆的魔力來換取生活所需，進而維持穩定的生計，轉任其他行業其實並不丟臉，總比整日遊手好閒不事生產來得踏實的多。

7.

正如所有的理論思想的形成史，它們多半是時代的產物，在社會思潮的衝擊下，以最合適的形式表現出來，而我們正是透過這樣的線索，隱約看到時代的面貌的。「明六社」這學術團體的興起和消亡，同樣可以在這時代土壤中找到恰當的解釋。

一八五八（安政五）年，德川幕府因國力式微，不得不與西方國家簽定條約，做出退讓和妥協。例如，幕府容許西方人在日本境內的港口居留，並承認治外法權的存在。在日本愛國人士看來，這種做法等同於放棄了司法審判權，又戴上殖民地濃厚色彩的帽子，儘管這屈辱性的條約，直到一八七二（明治五）年，才告結束。然而，反過來說，正是因為這屈辱和不平等的刺激，當時日本的思想家更為勤奮思考，他們進而研究外國的法律制度，加速建構日本的內政體系，朝著超趕西方列強的道路急速前進。明治政府當然看到了迫切的危機，必然要立即做出回應，於明治四年十二月，派出卓越的外交使節到海外：右大臣岩倉具視為特命全權大使，參議木戶孝允、大藏卿大久保利通、工部大輔伊藤博文、外務少輔山口尚芳隨行。這樣的精英陣容的確體現出明治政府的維新求變，但是在日本國內依然有雜音存在，有待他們妥善地解決。

當岩倉具視這批訪外精英們離開日本之時，以西鄉隆盛為首的、板垣退助、江藤新平、後藤象二郎、副島種臣、井上馨等人士，卻反對他們主張的外交政策。這從岩倉他們搭乘的船隻出發在即，西鄉隆盛極盡調侃地說，「他們一行人，若在太平洋沉船，反而省得麻煩呢。」看得出其衝突的端倪，簡言之，西鄉隆盛和江藤新平等人，有著強烈的排外思想，岩倉等使節團不在日本期間，西鄉等對外採取強硬措施。依照西鄉隆盛的主張，當時朝鮮頗為輕視積弱不振的日本，若發動戰爭（征韓論）攻打朝鮮半島，迫使開國的話，不但可以提高日本的國際地位，並有利於條約的修訂。此外，這種主張還有重要的目的，即用來解決明治維新以後，下級武士嚴重失業的問題。

從歷史角度來看，明治政府的維新政策，廣大的農民得以從舊有的封建制度中解脫出來，獲得自由公平的權利，實質上反而負擔增加，而且還得被徵兵加入軍隊。政府任用的官員歧視性地對待農民，沒有給予應有的尊重。這些不公平的作為，累積到某種程度，就成為農民群起反抗的成因了。一八七三（明治六）年，日本各地接連發生農民暴動，情況空前未有。不僅如此，明治政府廢藩之時，向舊武士階層發給金祿公債作為補償，有的務農為業，有的從商做生意，但是多以失敗告終，這股不滿的情緒更指向了明治政府的官員。質言之，當時社會出現兩種不穩定的因素：其一、舊武士有志難伸；其二、農民生活困苦。這就使失意的舊武士們找到宣洩的破口，進而成為農民暴動的指揮者。西鄉隆盛等人，看到這個好時機，認為他們可利用民眾對於社會的不滿情緒，轉移到強硬的對外政策上。於是，他們於是年八月，於內閣決議採取強硬的對外政策，等待岩倉視具等人返回日本來執行他們的策略。

8.

岩倉具視等訪歐使節團，相繼於那年夏秋返回日本。正如上述，他們兩派的政治對峙仍然尖銳，由於岩倉具視取代無能的三條實美就任太政大臣，更加強硬地反對西鄉隆盛等人的主張，這個舉措的結果，使得以這五人為首的政治強人辭去了參議的職務，憤然離開了東京，西鄉隆盛回到鹿兒島；江藤新平、副島種臣返回佐賀；板垣退助、後藤象二郎回到土佐。在這五人當中，板垣退助和後藤象二郎二人似乎思考得深刻和付諸行動。在他們看來，日本國內的動盪不安，歸因於政府積弊日深，而引發民眾不滿，若要根本解決這個問題，應當擴大自由民權的範圍，讓國民可以參與政治事務，基於這樣的時代要求，他們成立了推動自由民權運動的「立志社」，以此作為政治改革的基礎。在此，二十七歲的古澤滋這個年輕後輩，其政治才幹發揮了很大作用。明治維新之後，他曾經到歐洲遊學，很熟悉歐議會的制度，剛剛回國不久，呈請給日本天皇的《設置國民議會之請願書》，就是由他起草的。

古澤滋所起草的請願書，並非長篇鴻文，大約三千字左右，主要內容提及：「日本之法律朝令夕改，委實徒增民眾困惑，尤以政治效率不彰，司法判決不公，言路壅塞（缺乏言論自由），民眾有苦難言……。國家若要長治久安，切不可因循苟且，亟需徹底改良，盡速設立國民議會……」這份草案完成後，板垣退助和後藤象二郎率先發表，請使者出身土佐的林有造，將此請願書送至江藤新平和西鄉隆盛二人，希望他們簽名連署。結果，江藤新平同意連署，西鄉隆盛卻反對，在回信中說：「此請願書宗旨用意甚深，然吾認為，天下之事以獨議未能解決，吾等應以實力方能成事……」。換句話說，西鄉隆盛認為，請願設置國民議會的做法，並非根本之道。相對於政治同志的做法，西鄉隆盛則在鹿兒島創設私塾，吸收更多門生來支持他的政治理想。

儘管西鄉隆盛不支持同志們提出改良國家體制的願景，板垣退助等人的請願書仍然勢在必行，他們於明治七年一月十八月送交政府的立法府—左院。然而，連署人之一的江藤新平，卻先擎起了造反的大旗。二月，他在佐賀召集舊時武士發動了反政府的暴動。從軍事力量來看，毋寧說，這場暴動一開始就注定失敗。因為自明治三年以來，政府即已實施徵兵制度，建立起新式軍隊的體系，江藤新平率領的散兵遊勇，很快就遭到明治新式軍隊鎮壓敉平。江藤新平遭到嚴重的潰敗後，逃回了土佐，但是未脫出被補的命運，那年二月十三日，最終被處以死刑，享年四十歲。

也許可以這樣說，江藤新平的造反，仍然具有某些重要的意義。因為佐賀的反政府暴動平定後，呼籲明治政府設置國民議會的訴求，得到了民眾廣泛的支持，這也推動著當時的思想家們的思惟，從各自的立場提出了自己的政治論述。福澤諭吉和加藤弘之的著作，即適時地反映著近代歐洲的政治思潮，主張民主政治的重要性。當然，他們這些政治理想，能否符合日本當時的國情，或者如何實現，都存在諸多的挑戰。不過，有一點可以證明，那就是所有政治改革的先行者，他們都必須面臨各種危險的算計，因為在歷史上，向來不缺乏暗殺成風的事件，相對的，也有震撼人心的故事。

9.

確切地說，爆發佐賀之亂以前，於明治六年成立的學術團體「明六社」，正是以紀念這年份而取名的。這個團體主要由剛從美國歸來的思想家森有禮倡議組成。森有禮任社長，創建成員有西村茂樹、西周、中村正直、加藤弘之、津田真道、杉享二、箕作麟祥等，後來發展至三十人左右，可謂當時日本最傑出的知識人團體。這批精英從幕府晚期即掌握英語、荷蘭語、德語的語學能力，又曾經到歐洲遊學取經，很熟悉西方近代社會的運作及其文明發展。他們揭櫫的宗旨在於，發揚啟蒙精神、探討政治體制、經濟、文學、技術以及風俗等問題。此外，他們致力於推動國民知識和道德的發展，舉辦演講會、宣傳自由主義的價值。向明治政府提出設置國民議會的呼籲，即出自有留學德國的加藤弘之，以及思想家西周等人倡議促成的。

一八七四（明治七）年三月，他們創辦了機關刊物《明六雜誌》，月刊二至三期，為日本雜誌的伊始。在創刊號上，西周於卷頭語即以「論以洋字書寫國語」為題，提倡羅馬拼音的書寫，希望藉此改革日文書面語言固有表達的僵化，為日文口語化的通讀注入了新的活力，如此即可以溫故「江戶晚期人情本的會話體」的奧妙。順便一提，在日本大量吸取西方精神養份的過程中，英語的「Philosophy」，從「理學」、「窮理學」、「希哲學」，「希賢學」以及後來「哲學」的譯詞，正是西周所譯造的。另外，主要撰稿人有津田真道，他於幕府晚期到荷蘭和法蘭西等國遊學，其撰寫的「政論」文章，在該雜誌連載長達三個月。福澤諭吉更於前年出版了小冊子《文字的啟示》，在文章中，他提出文字革新論，亦即今後日本人撰寫文章，應該盡量不使用漢字……。很顯然的，這個意見與西周的觀點分歧，而引來了有識之士的矚目。

我們從西周的著述中不難發現，事實上，他於《明六雜誌》創刊之際，即出版了上下兩冊《百一新論》了。這部著作旨在向日本介紹近代歐洲的哲學思想，其學說主要受到孔德的實證思想的影響，而在這樣的時代下，這種新思潮和觀點，受到當時的知識階層的推崇，要學習和探究西方學問，就得閱讀西周的著作，正因為這個因素，《百一新論》套書的確頗富知名度。不過，以知識普及的角度來看，福澤諭吉的著作終究簡明些，西周的著述則顯得艱澀難懂，其讀者僅止於少數知識階層，用現代的話語，這屬於小眾書籍。

10.

津田真道和西周都是幕府晚期引進西方學術的精英。西周生於一八二九（文政十二）年，石見國（今島根縣）人，他的祖輩們歷代以來擔任藩醫，早年學習過漢學。二十歲的時候，石見國藩派西周前往大阪、岡山等地，增長見聞並學習儒學。五年後，他在藩內開設了私塾，致力傳播西方知識。然而，他並沒有停止進步的機會，翌年，他立志學習荷蘭語和英語，以此作為擴展精神視野的載體。二十九歲之時，他擔任「蕃書調所」（江戶幕府研究西方學問的教育機構）的教授，而津田真道彼時也在該機構教授，他們成為作育英才的同事。西周於三十五歲之時，又有訪外遊歷的契機，他和津田真道受命前往荷蘭遊學。這年六月十八日，他們從江戶乘船出發，但由於並非直達的路線，途中頗多周折，隔年五月才抵達了荷蘭。當時，許多幕府的留學生，也搭乘這次船班，其中，有研究兵法和軍事的榎本武揚、研究造艦技術的赤松則良。這批學習西方先進科學的留學生們，耗時三年，於慶應元年歲末歸國。

西周對於幕府付出很大的心力，他譯述荷蘭的政治學和萬國公法。這年秋天，他陪同第十五代幕府將軍德川慶喜來到京都。當時，西周的門生和追隨者就有五百人之多。此外，西周還向德川慶喜教授法語，翻譯幕府與外國的外交文書，因而更受到重用。是年年末，因鳥羽・伏見之戰役，德川慶喜戰敗逃回江戶都城，西周也返回江戶。慶應四年，幕府指派他和津田真道研究調查立憲政治體制。然而，這年德川幕府不敢擁皇派的勢力，其政權終告結束，國號改元為明治，進入了嶄新與矛盾相伴而生的時代。明治二年三月，長州出身的山縣有朋有意創建新政府的陸軍軍事體制。那時候，西周跟隨德川家族退居駿河（今靜岡縣中部），在沼津的軍校教書，山縣有朋深知西周的才幹，而委請擔任兵部省的顧問，直言之，日本引進歐洲軍事體系並得以確立，西周的見解居功厥偉。加於這樣這層關係，西周和山縣有朋頗有交誼，長期以來與陸軍關係甚深。後來，西周任職兵部省期間，作為君主明治天皇講學教師。

西周回到東京，出任兵部省顧問之外，他在淺草的住家開設塾「育英舍」，開始教授漢學、英語、教學等課程，朝啟蒙和文明開化推進。為了讓塾生們更加了解近代歐洲文明的發展史，他特別做成講義「百學連環」，所謂的「百學連環」，相當於百科全書的意思。這些吸取西方新思想的講義，就是後來輯成的《百一新論》。西周是個很有毅力的人，他從明治三年開始講授，直到明治六年，而這也是日本最早有系統性地講授西方近代文明的講義。講授的內容廣泛，舉凡歷史學、地理學、文章學、數學等，還包括神學、法

學、經濟學、統計學、物理學、化學……。在文章論當中，他甚至提到音韻學、語源學、辯論術以及藝術形式論

11.

在歷史上，有許多巧合的事件。一八七三年，西周結束了對塾生們傳播西方知識的講義。這一年，世界文學史當中，不斷有傑出的作品問世，托爾斯泰寫出《安娜‧卡列尼娜》；易卜生的戲劇《皇帝與加利利人》；左拉陸續完成《魯貢‧馬卡爾家族》系列小說；陀思妥耶夫斯基的《惡靈》就是在前年完稿的；勃蘭兌斯的多卷本文學通史《十九世紀文學主流》，為世界文學史的編撰立下了可貴的典範。而當這些西方文學蓬勃發展之際，後來其文名橫跨明治、大正時期的小說家，並集評論家、翻譯家、陸軍軍醫總監（相當於中將）於一身的森鷗外，從童年開始，即展露出文學方面的稟賦。

森鷗外，本名為森　林太郎。

他們一家和西周同鄉，又有親戚關係。一八七四年左右，西周一家住在神田小川町。出於對時局變遷的敏感，西周於兩年前勸說擔任藩醫的親戚森靜男搬到東京，於是森靜男全家就搬到向島的曳舟街上，開設了診所。其時，父親森靜男希望這長子進入東京醫校就

讀，為了讓林太郎學習德語，便送他到位於本鄉的進文學舍補習班學習，不過，住家到補習班有點遠，每日必須搭船渡越隅田川，終究有些不便，於是將十一歲的林太郎，寄宿在西周的家裡。事實上，森林太郎在故鄉的時候，即有神童的美譽。據說，他翻閱中國的四書五經的典籍，只要下定決心學習，幾乎過目不忘。寄宿在西周的家裡，林太郎被安排住在客廳與廚房之間的小房間，從那裡徒步到進文學舍。之前，林太郎曾經向父親學習過英語，有了外語的基礎，因此很快即掌握德語的應用。

那個時期的西周已經四十五歲，而且是傑出的學者，他每日到兵部省上班，必定準時於傍晚前回到家裡。在飲食方面，西周很注重和講究營養，他經常吃西式的肉類料理。到了晚上，他待在書房裡讀書，十點至十一點，翻譯或寫作，然後小飲一番。當時，許多政府高官都有納妾的風尚，然而西周並沒有跟進，而是專注於自己的著述。這時發生了一件有趣的插曲。某日黃昏，西周家裡的女傭，還沒拿著提燈前來，林太郎一走進廚房，乍見家裡的書僮正在與女傭搭話。具體地說，書僮藉機向女傭開黃腔。他說，男人的時鐘機械有兩種狀況：奮起和凋萎。當他向女人示愛的時候，那時鐘機械就會跳躍起來，但一表示無此意願，它立即凋萎下來，怎麼也無法甩動。問題是，女傭聽到這些色話，旋即面紅耳赤起來，可是在努力求學的林太郎聽來，卻覺得這簡直低俗至極。

12.

當時，進文學舍有學生宿舍，沒有住校的學生，可以來這裡走動。林太郎有個學長時常邀他來宿舍遊玩，但也許其學長的熱情勢不可擋，他只好藉此機會體驗寄宿生活的滋味。結果，情況剛好相反。一次，學長看他走進寢室裡，立刻鋪妥棉被，並向他說，「我們一起睡一會兒吧。」然而，這個舉動簡直把林太郎給嚇壞了，他急忙地拒絕。就在此時，一個看似身材健壯的學生，從隔壁房間走出來說：「你真的不要嗎？」接著，旁邊有個學生則「嗯」了一聲，「既然如此，那麼我來支援你吧。」話畢，他拿起棉被往林太郎當頭罩住包裹了起來。而林太郎嚇得不敢動彈，直到找到空檔，抓住書包和墨水瓶就往外奔逃了。這是小說家森鷗外（林太郎）少年時期的驚魂記。

林太郎在進文學舍兩年期間，對於德語的應用掌握得宜，於是《明六雜誌》創刊那年的春天，他報考了東京醫校。不過，這個天賦奇佳的少年，在此卻面臨一個問題。那時候，他只有十三歲，年紀與報考資格不符，他在報名表上，索性虛報年齡，而填寫為十五歲。後來，他成功地進入該校就讀。多數學生二十歲左右，最年輕的十七歲，唯獨他是個小孩。彼時，學生們穿著日式褲裙和深藍色布襪。就這樣，林太郎每日從西周家裡出門，到位於舊藤堂邸的東京醫校上課。很可能是因於林太郎的特質，格外吸引男生的愛好。儘管他已經考上醫校，卻仍然擔憂體格健壯的學長侵擾他，為了防患未然，他的懷裡備有一把短刀，隨時可派上用場。正如前述，林太郎很會讀書，像他這樣的少年學生，在班上三十名同學當中，他的成績總是名列前茅。學業優異有個好處，這樣就能多些時間閱讀課餘讀物。而租書業者的消息真是靈通，他立刻背著租書來到學校向學生們招租，其中有曲亭馬琴和山東京傳等江戶時期的大眾小說。像林太郎這樣的學生，便租來閱讀，一冊接著一冊，沉浸在讀書的樂趣中，然後又熱切閱讀江戶時期的隨筆集。

上述提及的開成學校為日本的教育做出很大的貢獻。開成學校較為注重歐洲的學問體系，因此，為了協助學生進入該校，日本全國共設置了八所外語學校。以明治七年九月為例，位於神田一橋外的開成學校對面……東京外國語學校，該校採四年制，每半年升級一次，一級為最高級別，八級則是最低別級。在就讀該校的少年當中，後來成為日本基督教思想家的內村鑑三，和以《武士道》一書著稱、在大學講授殖民地理論的新渡戶稻造二人，在此時已開始展露光芒了。內村鑑三是高崎藩的儒學者的兒子，他的父親是個奇特之人。他很早對兒子施予儒家思想教育，平時喜好吟唱和歌，頗有領導統御的才幹，但是有點恃才傲物，崇拜神明，卻鄙視佛教。每次，他帶著兒子鑑三從佛寺前經過，便掏出一枚銅板，朝功德箱裡擲去，然後用輕蔑的口氣說，「我現在正和某人打官司，你若助我一臂之力，我就再擲一枚銅板給你。」此外，內村鑑三的母親及其外祖父的行為，在他日後打破日本傳統既有體制方面，給予很大的啟發。他的母親是武士的女兒，體現著勤儉持家的精神，為家庭奉獻辛勞。內村鑑三的外祖父在小藩處理管賑事務，但是其上司的做法惡劣，有時命令他挪用藩內的庫款放高利貸，然後從中賺取利息自肥。問題是，他的外祖父是個老實人，沒有勇氣拒絕，又不敢抬高利息，最後只好收下這筆放款，等期限一到，他再從微薄的祿俸中，自行填補其中的高利息，將藩內的庫款還給上司。

13.

有一種說法，很值得深思回味。我們說某人很有學問，善於讀書和融會貫通，主要是緣於上輩子累積而成的，亦即將思考敏慧之人的特質，推論返回到前世的時間和空間裡，以此來寬容疏忽閱讀行為的自己。我支持這樣的看法，但不依仗這種先天優勢，用比旱地的耕牛奮發精神，似乎比這更來得重要。少年時期的內村鑑三，可能無緣知道這種概念，或者說他一開始即相信自己的信念，踏實地走向西學的路上。他十三歲的時候，在東京向一名西方婦女學習英語，展現出他對於英語的愛好。某個星期日，他的同學找他出去，到外許多外國人居住的築地（地名）。因為那個地方有耶穌教會，有女性在教堂裡唱歌，有男性大聲哼吟著。當下，他即感到趣味橫生，決定進去探究一番。之後，他經常與朋友到教堂裡，安靜地聆聽音樂，訓練自己的英語聽力。與之前相比，他上教堂的次數增多起來，唯獨彼時還沒有成為基督教徒。他將這件不敬的事情，向一名外籍英語女教師告知，那女性不但不生氣，反而欣然看待。也許那名英語女教師，打從心底希望這名少年將來成為基督徒，因為沒有批判性和懷疑論的精神基礎，就不可能有深刻的基督信仰，就算有此形式的信仰，很可能缺乏赤子之心。

就此而言，我們也許可以這樣認為，生活在那個時代的知識人，或多或少都帶有這樣的稟性。以土佐藩出身的中兆江民為例，他比內村鑑三年長十六歲，到過法國留學，大力介紹盧梭的哲學思想，為打破日本的思想僵局，發揮著很大的作用。他十九歲那年，作為高知藩的留學生，被派往幕府時期的西學根據地長崎學習，他在那裡學習三年，於慶應三年，跟隨出身真田藩的老師村上英俊，搭乘外國船舶離開江戶，探索新的世界格局，為此他學習了法語。然而，中江兆民的性格強硬，很快即老師意見衝突，最後被逐出了師門，卻並未因此中斷學問之路。翌年，他進入當時著名法學者箕作麟祥的門下學習，此後經由箕作麟祥的推薦，在大學南校（開成學校前身）擔任副教授，只是出於各種原因，他又辭去教職。

兩年後，中江兆民又另謀新職了，逐步實現自己的理想。幕府晚期，英語學者福地源一郎（福地櫻痴）在本鄉湯島開設了私塾，他委請中江兆民到該私塾講授法語。到了明治四年，中江兆民的運勢似乎轉好，到司法省當官，岩倉具視一行人到歐洲視察之時，福地源一郎等亦是隨行團員之一，他一同隨往法國深造。滯留法國期間，中江兆民研究了盧梭以來法國的革命思想，對於社會主義思想的發展頗有體會。在同時期，出身日本公貴族世家的西園寺公望，比中江兆民早一年來到法國留學，西園寺主要研究愛米爾・阿格拉斯的社會民主主義學說。基於這相似的留學背景，他與中江兆民頗有交誼。當中江兆民返抵國門之時，西園寺公望尚待在法國。這時，土佐派的領袖板垣退助立刻舉薦中江兆民，到其主掌的元老院擔任書記官。從那以後不久，中江兆民補任為東京外國語學校校長一職了。

14.

談到明治時期的出版物，我們有必要探究這些書籍的背景，因為有時候它們與前世代的歷史關係甚深，而多些歷史背景的理解，有助於我們更貼近歷史的現場，使這閱讀成為具有意義的心智活動。出生於幕府晚期的儒學家、作家成島柳北（一八三七－一八四四），他在著述中描寫的事物，在某種程度上，為我們提供了一部認識新舊世界的社會讀本……從德川幕府到明治成立新政府後的歷史文本。

成島柳北的成長經歷頗為傳奇。他本名為松本惟弘，在松本家的第三個兒子。其後，他過繼給世代從事儒學教育的成島家，成為第七代的成島稼堂的養子。他恪守和繼承養父的志業，也就是後來的成島柳北。正如前述，自十九世紀前半開始，成島家的儒學者即著手編纂《德川實紀》、《續德川實紀》、《後鑑》等官方記述，成島柳北亦曾參與。不止如此，他擔任過德川家定、德川家茂的侍講（老師），他的事業至此還算順利。基於授業師的關係，他曾經為德川將軍獻策，但是未被採納，因而撰寫狂歌批判，惹怒了德川幕府，文久三年八月，其侍講的職位遭到撤換。在這時候，他開始學習西方學問，於慶應年間，出任外交方面的官位，歷任會計副總裁等。然而，明治維新以後，他因為其他緣故被降為平民。這個心理創傷，亦是他撰寫《柳橋新誌》的重要契機，文字和文章這個載體，足以乘載他的憤慨和見解。或許，歷史向來不輕易埋沒真正的英才。在那之後，他受到東本願寺的長老大谷光瑩提攜，跟隨前往歐美國家考察，在此期間，岩倉具視、木戶孝允欣賞其才幹，於他歸國後，邀請擔任文部卿職位，他並未接受，而是致力於創辦報紙和新聞寫作，離開官方備位的高級美床，投入了意義不凡的撰述活動。

而在這樣的機緣轉化中，著名漢學家大槻磐溪起了很大的作用。經由大槻磐溪的介紹，於一八七四年九月，成島柳北創辦了《朝野新聞》，並擔任創社社長。他辦報旨在批判當時的明治政府對於言論自由的打壓，尤其嚴肅地批評「讒謗律」和「報紙條例」的頒布，因為這是不折不扣的限縮言論自由。此外，他強烈支持當時剛萌芽的自由民權運動，在社論的筆鋒中，較偏向於改進黨的大隈重信。其後，他創辦了《花月新誌》，在文藝界頗有活躍，直到一八八四年，因肺部疾病死亡，享年四十八歲。

在此，我們回到成島柳北的《柳橋新誌　續篇》的序文中，以此做為起點，來探知其筆觸中的人情事物。這篇古文味道十足的序文，現在讀來，仍然可感受得到強烈的時代諷喻性，補足日本正史之外，從中獲取真正的史料意義。他在序文說：「吾著述《柳橋新誌》一書，倏忽已十二年，彼時，吾以為該書頗富新意，讀者亦賞讀其新為樂。然而，世道物換星移，吾記述之新橋遊趣即成過往。德川氏西遷（移居靜岡）後，東京府內朱門粉壁（大名諸侯的豪邸），成為桑茶田園者，並不少見。柳橋的妓輩（藝妓）依然操彈管絃，奔馳於風月場中。與忍辱偷生之幕府官吏相比，此乃得意快哉。蓋王政一新，柳橋亦一新，卻未見好其事者記新。且據聞，近日，吾之《柳橋新誌》盜印之風日熾，且多為風流子弟購之捧讀。吾於此維新之日感慨，遂撰《柳橋新誌　續篇》以誌。」

15.

在此書中，看得出成島柳北巧妙的文筆，和辛辣的批判力道。他這樣寫道：其實，當時到柳橋狎妓趣遊的，幾乎來自京都的公卿、長州、薩摩和土佐等鄉下武士。他們是粗鄙的不解風情之人。不久前，他們以家庭代工維生呢。一次，有個魯莽的藝伎，向來此冶遊出身公卿的高官說，「聽說您們京都的公卿，平日以製作花紙牌營生。」只見那名高官頓時面色愕然，回答說，「我們不幹那種行當的，若有做家庭代工的，也許是地位卑下的武士。最近，我們出身公卿的可忙碌得很，可沒這些閒功夫……」。藝伎旋即拍了拍自己的膝頭，表示知道其中緣故了，還說難怪這陣子花紙牌這玩意都變貴了。

然而，在他們這番對話的同時，在場人士簡直聽得冷汗直冒了。因為大家都知藝妓的諷喻所在，這位所謂出身公卿的高官，指向當時兩個政要：太政大臣三條實美和右大臣岩倉具視。雖然，當下沒有惹來筆禍坐牢，時代的氣氛卻暗潮洶湧。進一步地說，成島柳北其筆下所呈現的面向，德川家的舊武士的子女，他們要陪侍的客人，不是鄉下武士，就是靠家庭代工維生的公卿，沒有比這更荒唐和諷刺的了，成島柳北寫竣此書，三年後才正式出版，深受江戶的讀書人的廣泛閱讀，也算是廣義的暢銷書了。

具體地說，成島柳北出版《柳橋新誌》一書，十二年後又刊印《柳橋新誌　續篇》，主要的原因在於，他對於明治政府的不滿，用今天的政治術語說，由於改朝換代的巨變，明治天皇推動維新政策，他切身的權益卻因此受損，到了不可復原的地步。而且，他置身在閒散之中，批判的筆鋒自然更銳利了。另外，還有一個與出版相關的原因。他於二十三歲之時，所撰寫的《柳橋新誌》，頗受漢學修養甚高的讀書人的喜愛，受到他們的珍藏，但是有意究竟的讀者，到書店求訪，卻仍然不見其蹤。據史料指出，明治維新時期前後，出版業極為慘淡，要復刻印書可不容易。

這種缺書的怪現象，將導致兩種價值轉向。首先，他的舊作售價會變得水漲船高，使持有者更為惜售；其次，在惡德出版商看來，這反而是絕佳的機會，盡可利用這次空荒時期盜印大賣其書。成島柳北身為此書的作者，自然知道個中的情況，因此撰寫續篇回應。毋寧說，他在續篇當中，反映出諸多的社會百態，又因於自身的遭遇，使得他在批判政治的力道上，更能集中火力了。因此，與前作相較，他獲得了更多讀者的共鳴。然而，成島柳北因政治諷刺論而獲致成功，也要付出代價和危險的。換言之，在其筆下受到揶揄嘲弄的明治政府的高官，開始敵視成島柳北，抓到任何機會，便施予制肘。他出版此書之時，已經三十八歲。

在成島柳北出版《柳橋新誌　續篇》的月份裡，又有一部新著在同出版社刊印……服部誠一的《東京新繁昌記》。這本書的銷售，絲毫不遜於《柳橋新誌》一書。服部誠一原本即奧州二本松的丹羽家的舊家臣，他是明治三年，二十九歲那年移住到東京的。他的歷代先祖為丹羽家的儒學者，但所得的俸祿不多，他當過藩內漢學塾的教師，後來因明治維新後失去俸祿，而來到東京另謀出路。若以外表來看，服部誠一其貌不揚，講話有奧州的口音，沒有才子的風采，但還是有學問功底的。他來到東京的第四年，時值三十三歲，看到新時代的東京變化奇多，充滿新興的西方習俗，自然想把這些所見所聞紀錄下來。不過，他沒有寫書經驗，必須仿傚先行者的著作引路。他讀過寺門靜軒的《江戶繁昌記》和成島柳北《柳橋新誌》二書，受到其文體的影響，努力寫成了《東京新繁昌記》，帶到刊印過成島柳北其書的奎章閣出版社。就此而言，這也是作家為自己找出路的例證。

16.

服部誠一看準了新時代的變化，把逐漸吸取現代性的東京摩登，成為其筆下的風景。他的《東京新繁昌記　首篇》甫出版，旋即引起熱烈的閱讀，而他也在讀者的反饋中，繼續撰寫書籍的續篇。儘管每個作家的條件不同，但從作家的自律性來看，服部誠一比成島柳北似乎更勤奮，他沒有相隔十二年再推出新篇，而是趁熱打鐵似地撰寫續作。在這年當中，他即撰寫和出版了第五篇，面向大眾讀者來測試作家的能耐底線。據其出版商指出，服部誠一的著作很暢銷，並得到了相當可觀的版稅。依照當時的生活物價，每個月只要十圓所得，即能維持普通家庭的開銷。據估計，服部誠一依書籍版稅，每年大約有四千圓至五千圓的收入，應當可過著優渥的生活。不過，他向來沉默不多言碎語，生活方面低調內斂，幾乎沒有朋友與他往來。正因為這個緣故，有些好事者不禁懷疑，「這種人寡朋稀友，哪來撰寫《東京新繁昌記》的材料呢？」或許是因為曾經突然斷送俸給的生活遭遇所致，他很珍惜得來不易的版稅，沒有因此花天酒地，而是用這筆錢在湯島的妻戀坂蓋了新宅第，並取名為「吸霞樓」，這樓名有著浪漫主義的色彩。

對於服部誠一的成功，並非每個人都帶著祝福之情，有人甚至放出流言，事實上，服部誠一的漢學和文章並不高明。例如，在其文章結尾處，他經常犯了語病，也就是，把應該寫成「焉耳」的，倒反寫成「耳焉」。而且，他卻不以為忤，不視為拙劣的表現，有時為了具體寫出實景，他還發揮想像力自創新詞。這個創造性的作為，在服膺於傳統語文的專家看來，簡直與走偏門毫無二致。詭異的是，這種有點標新立異的寫法，卻受到讀者們的愛戴，他們認為這種嶄新的表現方法，可以連接上新時代的現代性。

進入明治七年左右，新聞報紙開始盛行起來，服部誠一觀察到這種社會現象，自然要寫進書裡表達他的看法。在《東京新繁昌記》一書中，他這樣評價報紙紛繁局面，「……固陋夢醒，如開花遇春，文華之燦爛，發明之光彩，內外眼諸所見多美事。人不聞麝香，不知開花之味，不觀寫真（照片），不知何謂文明人，普天之下非王土，偏僻之地何以能開花。此乃為新聞報人索探之材……。報端之揭露，可知新界新事，政府之布告，海外之情事、國土之豐欠、物價之高低、貿易之盛衰、或弦妓之美醜，皆由報紙記載。誇言之，人車之翻轉也成新聞，大聲放屁亦是新聞。再則，奸吏最忌憚報紙揭其弊端，因而下台者有之。對社會之不滿，議論人之長短，可投書報紙反映民意。如長崎先進之老師，與遙坐函館之古陋老師，展開舌尖筆戰……。」

正如服部所寫的那樣，明治初年的官吏專橫無比，唯獨新聞輿論讓他們有所忌憚，收斂其強權官威。當時，明治政府的大官，多半出自薩摩、長州、土佐、肥前四藩等武士，維新軍的核心幾乎被他們掌握，其外圍則是各地方的武士。換句話說，非出身武士階級者不能當官。正因如此，這種世襲的特權體制，使得官吏的氣焰高漲，對待民眾極為粗暴。此外，執政當局也經常假借親政天皇的名義，隱匿施政的弊端，牟取自身的利益。在這種情形下，只有報紙記者敢以拂逆，嚴厲加以批判，所以作威作福的官吏，總是把批評者或記者視如讎寇。此外，報紙很重視讀者的投書，儘可能給予更多的言論空間，及時地予以刊載。而相較於審時度勢的保守態度，明治初期的報人記者和民眾，他們對於針砭時弊的表現，是較為積極正面的。這種批評話語的推進，在某種程度上，正是在建立和鞏固公眾輿論的基礎。

17.

回顧明治初期的新聞，主要有《東京日日新聞》、《郵便報知》、《日新真事誌》等日報報社，以及成島柳北創辦的《朝野新聞》。《日新真事誌》是英國人布拉克和漢薩德共同經營的報紙，以正確報導的立場聞名，報館位於銀座四丁目的好地段。事實上，在《日新真事誌》之前，《東京日日新聞》即已創刊，但是因為這些報沒有社論，多半刊載低俗的文章，讓布拉克感到沮喪，因而點燃他創建社論體制的使命感。然而，這只是報業改革的希望微火，他撰文揭露東京市民的不文明行止，才是因忠實報導而導致該報停刊的關鍵因素。一次，布拉克雖然沒有以社論形式刊出，但文章內容引述道，「……如今進入文化啟蒙之明治政府，兩國淺草等地之雜耍小屋，尚有女性公然示露陰部和殘疾怪人等表演，連外國人都好奇流連忘返，此乃野蠻之風俗，毋寧為（日本）國家恥辱……」這項基於社會事實的嚴厲指責，立刻惹來了民眾和官方反彈打壓。

此外，之前他又撰文披露「設置民選議院」的正反兩派意見，受到閱報大眾的關注。但政府真正擔心的是，布拉克的論調很可能導向自由民權運動，亦即它具有不可測的危險性。正因為該報受到廣泛閱讀，報量銷售奇佳的時候，曾售出一萬數千餘份，由此可見其影響力了。因此，對明治政府而言，布拉克的文章充滿惡意攻訐，他利用治外法權的漏洞，藉機挑撥政府與民眾的對立，應予立即敕令停刊。果然，明治八年元月，左院法制課向布拉克開出交換條件，政府依照「僱用外國人條例」，轉入正院翻譯局任職，每月支付薪資三百圓、房租津貼三十圓，但是該報必須停刊。同年六月，政府修正《新聞報紙條例》強化取締，禁止外國人辦報或編輯職務。於是，該年十二月五日，《日新真事誌》即告停刊，勇於揭發真相的報人布拉克再也無法回到新聞界的戰場了。

《朝野新聞》的前身，原是明石藩舊藩主松平候爵接收《公文通誌》後，發行了些時日易名為朝野新聞的。這一年，該報出資者看到青年才俊成島柳北旅歐歸國，請他出任社長，用朝野新聞的名義，買下這棟曾作為布拉克的報館的建築物。成島柳北很勤於筆耕，他在自家報紙裡，開闢「雜錄」專欄，每日發表詼諧戲謔的隨筆，而且諷刺時事的力道甚深，堪稱當代的報界健筆。據估計，當時《朝野新聞》的發行量，達二千份之多。此外，橫濱這個與外國接觸更多的地方，同樣具有比日本內地開闊的視野，它被日本視為吸取外國先進文明知識的世界窗口。有這樣的條件，《橫濱每日新聞》的權威性就更不言而喻了。這一年，作家假名垣魯文移居遷住橫濱的櫻木町，其小說《安愚樂鍋》的序文，以及製作「黑牡丹藥丸」、撰寫廣告文案等，就是在這賃居的二樓完成，他還吊掛著「黑牡丹藥丸」招牌招徠，賣點養身丹丸補貼家用。

18.

正如前述，假名垣魯文搬到橫濱以後，受雇於神奈川廳，月薪二十圓，過著安定的生活。以當時的生活水準，單身書僮每個月的花用，大約五圓或七圓左右。他的仿作《西洋徒步旅行記》獲得好評，又寫出第二篇和第三篇，每冊版稅收得十圓左右。在此，我們必須談點作家取用筆名的背景，否則我們時常會被同個作家，卻有多個筆名給混淆了。在江戶幕府時期，平民可以有好多個名字，然而明治維新以後，政府制定《戶籍法》，嚴格規定國民的姓氏。於是，這時候假名垣魯文，放棄了野崎文藏的本名，在戶籍上登記為假名垣魯文。他在神奈川縣廳擔任雇員時期，發生了一段有趣的插曲。那時神奈川縣令很配合國家政策，致力於教育普及，亟需體察民情的官員下鄉巡視。在縣令看來，假名垣魯文以前寫過通俗小說，應該可以勝任這項任務。其後，魯文到神奈川縣各村落巡迴，並且訓示演講。

一次，他在某村莊結束訓話演講，到旅館內的浴池泡澡。此時，他聽見兩個男子在浴池裡聊談，其中一個男子說，「今天，來咱們村子巡迴演講的官員，他的名字真奇特呀。」另一男子搭話說，「你不認識他嗎？他可是鼎鼎大名的大眾小說作家魯文呢！」說完，其朋友恍然大悟似的回想起來。不過，他話鋒一轉，說道，「話說回來，一個通俗小說作家向大家訓示教育的重要性，終究有些奇怪。依照他那套說法教育孩子，寶貝兒子很可能變成浪蕩子。」這男子說完，忽然發現魯文就在同個浴池裡，霍然尷尬不已，慌張地逃了出去。在水氣氤氳的浴池裡，魯文也感到不自在，覺得對方說的有理，自己不適合公務體系的工作。

儘管假名垣魯文在縣廳裡工作，他仍然不忘情文筆事業，私下給《橫濱每日新聞》寫稿。不止如此，他看到了大眾讀報的風潮逐漸興起，是不可多得的商機，於是在遊樂場所等附近，開設歇腳飲茶似的報亭，由他的繼室打點掌理。他給《橫濱每日新聞》供稿以前，認識了該報的著名記者－栗本鋤雲。栗本來頭不小，他是幕府晚期重要的政治人物。那時，他已經五十三歲，比假名垣魯文大七歲，比成島柳北年長十五歲。早年，他跟隨過幾個儒學家做學問，當過幕府的漢醫。栗本鋤雲二十七歲之時，幕府基於拓殖開發蝦夷和維護社會安定的需要，命令他住在函館，統領派駐到該地的武士。事實上，栗本鋤雲在那段期間，已開始研究幕府與外國關係的問題了，可說是先進的知識人。他在函館住了十年，擔任過「函館奉行組頭」。其後，隨著幕府晚期開國論變得甚囂塵上之際，他要處理的事務更繁忙起來。舉凡開國談判、賠款的展延、外國官廳大使館的設立等等。

明治維新的前年，政府任命栗本鋤雲為特使派往法國。翌年，他歸國以後，但是決定在鄉下隱居務農。明治五年，他進入《橫濱每日新聞》工作，以穩健和開明思想的文筆聞名。總結地說，在明治初期的新聞界，他是頗受尊敬的文人。順便指出，進入公務體系的假名垣魯文，原本打算以此終老的，後來似乎抵擋不住寫作的召喚，而辭掉縣廳的差事了。他成為《橫濱每日新聞》的職員，再度變成自由人的身分，以在新聞撰寫雜文維生。就此角度來看，他的性格和精神氣質，似乎最適宜這種工作形態，而他機智的文筆，幽默且風趣的筆觸，的確博得了許多讀者的好評。

19.

接著，我們要談到《讀賣新聞》是如何登上日本新聞發展史的舞台。明治七年十一月二日，《讀賣新聞》正式發行，該報館位於虎門的琴平町。創刊之初，旋即引起東京市民的矚目。當時，販售報紙的方式很奇特，售報人一面搖響鈴鐺，一面高聲朗讀報紙叫賣。

在報紙之類的新聞媒介尚未出現的江戶時代，都採取「瓦版」印刷。所謂的瓦版即以天地異變、火災及其他消息的報導，報仇、自殺、孝子忠僕等社會新聞，娛樂性文字，流行歌曲等為內容，用木版印刷的單張或數張的小冊子方式，向群眾公布的出版物。其所以稱為瓦版，據說是因為初期所用的印刷方法，是在粘土制成的瓦形物上雕刻文字或繪畫再進行印刷。瓦版這個名稱，是在明治年間以後才開始使用的。現存最古的瓦版，即《大坂安部交戰圖》和《大坂卯年圖》這兩張圖，它們把大坂城的陷落，亦即豐臣家末日將盡的消息告訴給江戶人。後來，瓦版延續到江戶幕府晚期，以文化、文政期間（一八〇四－一八二九年）為鼎盛期，內容多樣化，出版量也有增加，銷售方法也從「讀賣」發展為掛在店鋪門口出售。到了明治年間，效法歐美國家出現了現代化的報紙，瓦版隨之衰落。然而，在民眾看來，他們對於瓦版具有先驅性的意義，給予積極的評價。

然而，剛開始，這種叫賣報紙的方法，東京市民並不買帳，甚至認為這是格調很低的報紙。因此，在東京市民看來，《朝野新聞》、《郵便報知新聞》和《東京每日》的格調來得高。不過，後來情勢發生了變化，《讀賣新聞》成功逆轉了民眾的偏見。每家報紙同樣在報導風月場所、戲劇表演、市民日常生活動態、衝突的悲劇，抑或有趣的社會事件，該報的措詞淺顯易懂，不掉入詰屈聱牙的泥淖裡。這對於教育尚未普及的時代，處於啟蒙時期的日本受眾們，無疑是個新鮮的契機，該報旋即獲得青睞。以報紙的屬性而言，《朝野新聞》主要刊載官廳的公告文書，政治動態和政治評論；《東京日日新聞》則著重報導市民的生活，較能獲得知識階層的品味。必須指出，《讀賣新聞》的編輯方針，在於用淺白輕鬆的文字報導民眾關注的議題和生活趣聞，其後報份也因此激增激起來。

有趣的是，《讀賣新聞》發刊之時，只印了一百二十三枚報紙，而且是隔日才發行的，由於閱報人數激增，翌年四月十九日起，改為每日發刊。到了六月一日，這報份已增至一萬八十八枚的印量了。之前，《橫濱每日新聞》在新聞報導上，也報導花柳界的消息、光怪陸離的社會事件、甚至男女間的花邊新聞，但報份卻沒有起色，不像《讀賣新聞》那樣，急速地升騰起來。當《讀賣新聞》如日中天之際，被矛盾情緒糾結的民眾，就指稱這類型的報紙為「小報」，而把較多刊載政治評論和官方消息的《朝野新聞》，稱為高級的「大報」。不過，有個不可爭的事實，他們眼中看不起的「小報」的報份，往往比那些「大報」多量，而且來勢洶洶。

20.

在《東京日日新聞》的記者陣容中，以總編輯岸田吟香最負盛名。他的經歷豐富多彩，有多個社會身分：新聞記者、教育家和實業家。剛開始，他住在銀座二丁目，開設專賣眼藥水的店鋪。正如前述，那個時代許多作家和記者，本業的收入，尚無法維持生計，不得不兼差掙錢。岸田吟香也不例外，他販售眼藥水之外，還得兼賣補養丸、蒸餾水和通便丸之類的藥品。這時的岸田吟香正值壯年，大約三十七、八歲左右。巧合的是，他經營的眼藥鋪，就在《東京日日新聞》附近。那時候，他在家裡不穿和服，只著夾克和褲子，即使到報社上班，頂多再加件外衣，頭上戴著紅色土耳其毯帽。夏天時節，他不穿單和服，而是襯衫裝束。在飲食方面，展現出他接受新鮮事物的態度。他吃早餐的時候，打個雞蛋汁淋在白飯上，然後攪拌著吃，午餐則煮吃牛肉。他每次外出旅行，其提包裡總是備妥許多雞蛋，他不吃旅館的供膳，喜歡打個雞蛋淋配著白飯。對當時的日本人而言，這種吃法的確很少見，也可說是一種嶄新的飲食習慣。

據專家推測，岸田吟香這種飲食習慣，很可能與他長期和美國醫生詹姆斯・柯蒂斯・赫本共同生活有關。他二十五歲的時候，曾經擔任來自美國的眼科醫生的助手。順便指出，岸田出身自岡山縣，對於蘭學（江戶時代中期以後，由荷蘭傳入日本的西洋學術）有相當的知識。赫本不止行醫，也有宣教任務。日本開國之際，美國長老教會即派他來到日本。問題是，赫本當時完全不懂日語，究其在攘夷論和攻擊洋人甚囂塵上的年代裡，他

深知，有必要學習幾個語詞應變救急。於是，他立刻學了三個單詞：「アブナイ」（危險）、「コレ」（這個）、「シカタガナイ」（沒辦法）。岸田吟香此時擔任赫本的助手，並協助編著《和英辭典》。從這個角度來看，岸田吟香比起他的同時代人，他很幸運地迎向「辭典編纂」的歷史性時刻。

在赫本來到日本的第八年，他們二人終於完成和英辭典《和英語林集成》的編著了。那時候，木本昌造等的鉛字排版技術尚未普及，他們只好遠赴上海印製辭典。這部辭典印製完成的翌年，正好趕上了明治維新初年。雖然在此之前，開成所的教授們已編著英和辭典，但是岸田吟香和赫本的版本，比前者的來得正確細緻，而且方便實用。那一年，明治政府開始建立大學的制度，特地聘請法國人安索納德為新任的法律顧問，並請他進行實際調查。安索納德調查之後，有了新的發現，並加以保證岸田和赫本編著的《和英辭典》為佳。而明治政府基於獎勵的立場，斥資購下二千部辭典，將它們送往開成學校供學生和教授使用。在很長時間裡，這部辭典受到良好的口碑，並被視為辭典的範本。具體地說，這部辭典的成功，要歸功於岸田吟香的學識和努力。而赫本為了答謝岸田的付出，便將眼藥水的配方傳授給他。岸田把這調配的眼藥水，取名為「精錡水」開始販售。所以，當時有個流行語：「文人即賣藥郎」。再舉個巧合之妙。約莫七十年前左右，通俗作家山東京傳，也在岸田的眼藥水店鋪附近，於寫作之餘，還得兼賣有益讀書的醒腦丸。還有一說，作為新聞記者的岸田吟香，文字功底極佳，其報導寫得生動有趣，如繪畫般浮現讀者眼前。《東京日日新聞》的能見度擴大，很大因素必須提及其精湛的新聞文筆的貢獻。

21.

在此，我們稍為將歷史的刺針指向當時的臺灣。一八七四年正是日本帝國攻打臺灣的戰爭之年。而才華眾多的岸田吟香，也在這次行動中，以不同方式進入臺灣島採訪。日本出兵臺灣的根據在於：「……有五十四名琉球宮古島的漁民，在海上遇到颱風惡浪的侵襲，漂流至臺灣南部屏東牡丹部落，卻遭到了排灣族原住民的殺害。」日本為此向清朝政府嚴正抗議，但是清朝政府辯稱，臺灣島民為化外之民，並不受其管轄，極力迴避賠款的責任。這年五月，日本政府為此召開了內閣會議。在當時明治政府的大官裡，以薩摩出身的大久保利通最具權威地位，自從設置民選議院的運動聲浪逐漸升高，動輒演變成反政府的勢力，他認為應該藉這個機會轉移焦點。而且清朝政府表明，臺灣島並非他們的領土，日本要征討臺灣島，他們更無可置喙的了。另外，長州出身的木戶孝允，在政治思想方面較為開明。很早以前，他即贊成要召開民選議院，反對過西鄉隆盛的「征韓論」。這次，他同樣反對出兵攻打臺灣的提案，最後因曲高和寡慨然辭職下野了。此時，長州出身的政府官員，只剩下伊藤博文和山縣有朋等而已。

其後，內閣決議要攻打臺灣，出兵的修辭仍然充滿霸權的歧視性色彩。例如，參議大隈重信出任「征蕃事務官」，任命卸政府職務的西鄉從道為「征臺都督」，在長崎整軍待發。這時候，從幕府晚期至明治初期資深的英國駐日外交官哈里思・巴克斯向日本政府提出抗議，這使得大久保利通極為狼狽，下令中止西鄉從道的進發。然而，西鄉從道不從命令，率領軍隊從長崎出發，登陸臺灣屏東，對牡丹社原住民不分男女老幼展開殺戮，西鄉從道也暫時留在當地。清朝政府為此三番兩次提案講和，並支付日本政府五十萬兩的賠款。不過，主流派的新聞媒體認為，大久保利通接受這筆小額賠款，等同向清朝政府讓步，大加抨擊他不夠強硬。當時，岸田吟香無法以新聞記者身分同行，只能以御用商人大倉組的幹部身分，搭乘軍用船隻。他陸續撰寫「臺灣通信」文章，也寫生作畫，在《東京日日新報》上發表。正如前述，該報嚴肅性的內容報導受到彼時東京市民的好評。

在日本政府出兵臺灣的期間，其國內也發生過重大的災難。兩年前，江戶時期的銀幣鑄造工居住之地——銀座，遭到了大火吞噬災情慘重。明治政府正好趁此機會，進行都市更新計畫，將鐵路的起點新橋到京橋之間，亦即要將銀座一帶打造成近代化的摩登都市。

政府首先改建橋樑，然後把新橋至京橋間的道路拓寬成大約二十八公尺，劃分為馬路與人行道，並植上行道樹。此外，政府還禁止銀座街區搭建木結構房屋，全部以磚造建築，而且必須委請外國人設計。地主若欠缺蓋房資金，政府會提供融資分年還款。政府這樣推動都市更新，使得明治七年左右，銀座已經愈來愈具有現代性的特質，來往人潮增多，更增添了繁榮的氣息。而幾個著名的報社，都坐落在銀座的繁華之中，《東京日日新聞》在銀座二丁目西邊；岸田吟香的「精綺（眼藥）水總店」和《朝野新聞》等社址，位於銀座四丁目交叉點，它們全是新蓋的磚造建築物。他們以自己的歷史視角，觀察時代社會的變遷，寫出那個時代的精神史的面貌。

22.

日本出兵攻打臺灣的成功戰績，經由岸田吟香的新聞報導，在日本國內廣為傳播，作為獨立大國的意識愈加強烈起來。儘管日本打贏那場戰役，只獲得清朝政府五十萬兩的賠款，引發了國民的不滿，但這並未減損他們的強國意識。明治政府執政七年以來，仍然有許多矛盾亟待解決。特別是，日本國民對於以薩摩長州出身的高官所掌控的藩閥政治，批評的聲浪從未少過。這從德川家族交出政權下野，到各藩武士暴動頻仍，農民隨之造反的事件，都反映出明治政權的潛在危機。此外，支持德川幕府的文人，都以嚴厲的目光看待政府的失措。成島柳北和栗本鋤雲等報人，分別以《朝野新聞》和《東京日日新聞》為據點，用新聞媒體批判明治政府。當然，有些御用新聞或報社記者出於自身的利益，仍然會利用各種管道，擁護伊藤博文等人。當自由民權運動的思潮興盛時期，《報知新聞》的新聞記者、政治小說家末廣鐵腸、古澤滋等，就透過報紙的管道批評明治政府。

經過主流與在野的政治角力，明治八年四月十四日，明治政府廢除了左院右院，設置了元老院和大審院。這時候，板垣退助和後藤象二郎等，在大阪成立「愛國社」，後來因為板垣退助又回到政府擔任參議，這政治運動暫時中斷停下來。此外，政府想方設法要擺平來自報界的反對勢力，向那些曾經攻擊政府的反對派人士示好，撒出利益的巨網，給予禮遇抑或以較高職務交換條件。例如，他們試圖將新聞記者古澤滋，以及《橫濱每日新聞》的島田三郎送進元老院，藉此化解他們新聞之筆的凌厲攻勢。

同年四月，各地方舉行了首長會議。不過，民眾對於權力分配失衡仍然存在不滿。因為，他們的縣令即四年前出身於大名（諸侯）的高階武士，不止如此，這些縣令多半屬於薩摩、長州、土佐、肥後等勤王背景的勢力，掌握住實質的權力。但在議會上，他們只為縣內的建設費或補助款爭論不休，給當時擔任議長的木戶孝允十分為難。為此，《東京日日新聞》社長福地櫻痴拜託木戶孝允，使其擔任議會書記官。議會結束以後，福地櫻痴說，這次地方縣令的表現可說是荒腔走板，經由他和木戶孝允的努力，才維持住議會的場面體制。然而，這番說法一出，卻激怒了相關人士。事實上，福地的指陳的確屬實，那天在議場傍聽的新聞記者很失望，因為這些縣令沒有半點自由民權思想。正是這個期待落空，新聞媒體比以往更嚴厲地批判議會和政府的施政。

就在這時，由出身鹿兒島的海老原穆創辦的《評論新聞》上，開始出現政治評論家的文章，措詞辛辣猛烈，有時標題論旨極盡聳動：「論推翻獨裁政府」、「專制政府之危害甚深，乃應順應民意修法之必要」、「論戰爭乃國家大益」等等。必須指出，新聞記者有各自的政治立場，海老原穆也不例外，他與西鄉隆盛倚重的部下桐野利秋過從甚密，桐野的政治觀點起著很大作用，海老原受到激勵才在其報紙上刊載革命論，印刷了一萬多份，分發給鹿兒島的西鄉隆盛及其追隨者們。換言之，這種運用新聞傳播的力量，監督政府的施政，的確直接有效。對執政當局而言，嚴厲的新聞之眼，筆鋒銳利不可擋的報紙，有時候比洪水猛獸可怖。只是，掌握國家機器的政府，不可能如此就範，總要做出反制手段，卻又得維持住「文明開化」的政治體面。他們所掌控的《新聞條例》，如同現代版的綑仙索，一旦被套索了，無法輕易解開，必須付出慘重的代價。

23.

報紙藉由刊登沸騰的民意，持續強調突顯其重要性，的確給明治政府沉重的壓力，不得不做出對策因應。大久保利通採取強烈的反制手段，他的提案成功通過，於明治八月六月二十日頒布《新聞條例》，繼而於六月二十八日，發布《讒謗律》，明言禁止不得人身攻擊，試圖以此壓制激揚的言論。依照《新聞條例》規定：發行報紙必須取得政府相關部門許可，並具名提出負責人和總編輯，唆使第三者或犯下教唆罪，判處五個月至三年徒刑，並罰款拾圓至五百圓。所有提倡衝撞政府權威，抑或企圖顛覆國家而引發社會動亂者，處以一年至三年徒刑。在《讒謗律》頒布之後，無論提告者有無事實根據，只要損及他人的名譽，處以罰款或入獄服刑。尤其，此批評嚴重損及天皇或皇族尊嚴之時，加重處罰。

這些反制言論的嚴刑峻法，的確造成強大的威懾作用，有些報紙感到恐懼，不敢觸法或自我噤聲，不再撰寫社論。然而，有些報社反對這打壓言論的惡法，呼籲新聞界團結一致，共同與之抵抗。於是，《東京日日新聞》的福地源一郎和岸田吟香、《報知新聞》的藤田茂吉、《評論新聞》的橫瀨文彥、《東京曙新聞》的末廣鐵腸等記者會面，共同商討抗議書的內容，最後由岸田吟香順理整稿，提交給政府部門。不過，政府基於法令依據，不受理這則抗議書。不止如此，還嚴詞批評末廣鐵腸這個《東京曙新聞》小報記者，其言論等同於攻擊《讒謗律》的正當性。果真，末廣鐵腸旋即因其觸犯《新聞條例》，被關押三個月罰款三十圓。從這個角度而言，末廣鐵腸即這條法律最的受害者。在那以後，明治政府並未網開一面，手段更加粗暴，陸續逮捕了多名報社編輯和記者，將他們投入監牢科以罰金。諷刺的是，政府這樣的作為，卻往反方向發展，多數民眾把那些被關押的記者，視為英雄崇拜，藝妓在酒席上唱歌稱頌他們。

就在《新聞條例》和《讒謗律》頒布的三個月後，《明六雜誌》召開了同仁會議，共有十三人參加。當時，社長箕作秋坪在席上提案停刊雜誌。但是受英國教育、明治維新後前往美國考察，正值英年的森有禮主張雜誌應予續刊。他正是明治六年七月，從美國歸國以後，集合了日本那個年代的傑出學者，設立該會的發起人。此外，他還在該雜誌上發表〈論蓄妾〉文章，主張一夫一妻制。彼時，大家共同推舉福澤諭吉為「明六社」首任社長，但是他堅持婉拒，因此，在名義上，森有禮在這一年主動成為社長。到了明治八年，箕作秋坪被推選為第二任社長。只是，儘管森有禮希望該雜誌續刊，不過，時值四十二歲的福澤諭吉，因考量該雜誌文章的批判性和啟蒙色彩濃厚，以及各種出版事宜今後可能牴觸政府法令，造成嚴重對立因而主張停刊。

24.

那次《明六雜誌》存廢問題的會議，共有十三名社員出席，他們經過熱烈的討論，贊成停刊的有福澤諭吉、古川正雄、箕作秋坪、清水卯三郎等九人；主張續刊的有西周、津田真道、阪谷素、森有禮等四人。當天，西村茂樹、加藤弘之、中村正直三人，因其他事情沒有出席，因而將議案意見表送至他們家裡作答，他們都贊成停刊。因此，《明六雜誌》於明治八年十一月，共發行了四十三期，就此宣布停刊。就雜誌的經營來看，《明六雜誌》經營得相當成功。在該雜誌第三十期，森有禮向社員們做了會計報告。從明治七年二月開始，每個發行兩期，其後出版了三期，平均每期銷售三千二百冊左右，第二十五期為止，共有八百二十五圓收入，支出二百六十二餘圓。依照雜誌規約，收益的一半分給社員們，一半留做雜誌基金。森有禮積存的收益每年大約六百圓，因而他做出計畫，用這筆款項建設會館，成員不使用期間，出租為演講或集會場地。不過，這項計畫因《明六雜誌》停刊而放棄。明六社解散以後，該雜誌的收益基金，供做舊社員平常聚會和餐飲費用使用。舊社員每月開會一次，在當時東京的高級西餐館：神田橋外的三河屋、富士見軒、精養軒等。直到明治晚期，大部分成員已經作古，這筆公積金尚未用罄。

《明六雜誌》後來宣布停刊解散，介紹其內容方面，較偏重於明治時期的思想家論述，關注其政治社會思潮史的發展，但並非所有成員以此領域為專長，其中成員有農業專家。明六社的成員津田仙，即該團體的代表性人物之一。以津田仙為例，他於《明六雜誌》第四十一期發表〈禾花媒助說〉一文，提出為植物人工授粉的理論，並到日本各地演講，推廣其農業論述和實踐。雖然之後因停刊的緣故，沒有這媒介平台繼續發表文章，他仍然貫徹自己的信念。明治九年一月，他率先首創農業學校「學農社」，同時發行《農業雜誌》，雜誌社就位於迎向西方新文明的銀座五丁目。此外，他還在東京郊外的丘陵地經營牧場，飼養牛豬出售牛奶。

津田仙年輕的時候，曾經在日本橋的雞肉批發商當過店員，這個歷練對於他投入農業研究有很大的激勵作用。由於地利之便，他經常到築地外國人居住的洋樓下訂單，他就在那時發現農產品的物價水準：原來高麗菜、洋蔥、芹菜等西洋蔬菜，進價成本如此之高，牛奶是多麼珍貴的飲料。從那以後，津田仙立志要種植西洋蔬菜，便前往美國留學，勤奮學習農業。他是個基督教徒，個性直率不做作，熱情又富進取精神，很受到朋友愛戴。在待人接物方面，他也是機敏的人。一次，他到德意志帝國遊歷，恰巧遇奧地利皇后出遊，向熱烈歡迎的民眾們揮手，此時，只見他走到列隊前面，自稱「吾乃日本臣民津田仙」，並向皇后握手致意。由此可看出，津田仙並非只是專注於農業的學究，他同時有外交官的機敏應對，也是「明六社」中的奇才。

25.

在明六社的成員中，中村正直為了譯書所付出的努力，同樣不可忽視。明治四年，他迻譯了塞繆爾・斯邁爾斯《西國立志篇》（中譯本：《自己拯救自己》），是繼福澤諭吉廣為流傳的著作，獲得當時最多知識階層讀者的精英之作。明治政府借用其長才，授命他在御茶水創辦東京女子師範學校，明治八年十一月，完成創校任務，並擔任首任校長。創校之初，他招攬關千代子來校任教。她是當時著名儒學家關忠造的胞姊，很有學問品德高尚。那時候，曾經在幕府當過式部官員的幸田成延，他第四個兒子幸田成行，進入這所女子師範學校附屬小學就讀。幸田成行六歲開始，即在關千代子的漢學私塾裡習文練字。這附屬小學編制很嚴格，依照學生的學習能力分班配置，雖然幸田成行幼年上過私塾，但在上課期間，無法回答老師的問題，因而被視為學習落後的壞學生，而被降至最差的第八級。他是個敏銳和不服輸的少年，這樣被降級有如莫大的恥辱，於是開始積極學習。果真，其努力受到老師的矚目，成績優異連續跳級，升到了資優的班級。在這時期，一個出身自東京師範學校的男老師……宮崎璋藏，也在這附屬小校任教。那時，宮崎住在下谷御徒町，與幸田家在同個町內，他很疼愛幸田成行這名少年。正如那個時代風潮的陶冶，宮崎是個愛好文學的青年，平時閱讀《東京日日新聞》，以此增廣見聞。明治維新後，東京不愧是人才薈萃之地，亦是人脈資源廣泛的地方。當時，幸田成行與同學西勃平交情頗好，而西勃平的父親，正是著名哲學家西周。此外，他還有個同學星野慎輔，他們家在日本橋經營砂糖批發，是有錢人家的子弟。

幸田成行在這所小學就讀，即經常閱讀草雙紙，也就是自江戶時代中、後期一種以插圖為主、附以簡單說明的通俗故事。對他而言，這些通俗讀物，他讀得興趣盎然，陸續讀畢《自來也物語》、《彎月》、《白縫物語》、《鄉下人源氏》等等。正巧，那時幸田有個同學家裡開租書店，他從各種通俗的文本得到了眾多的智識。而且，他平時愛吃烤地瓜，因此他經常說，只要給他烤地瓜和租書，他就心滿意足了。事實上，幸田成行的父親之前在幕府擔任式部官員，經濟還算寬裕，但明治政府成立後，大刀闊斧改革，幸田家的收入因而銳減，生活變得比以前緊縮起來，也請不起男傭女僕了。幸田家對於信仰相當虔誠，他們家裡的神龕和佛桌，甚至多達二十七個之多，每日早晚上供點燈的差事，全由幸田成行這少年負責。因此，他的例行工作是，做完禮佛上供，吃過早飯，徒步到這附屬小學上課。

女子師範學校設立時，中村正直擔任該校校長才四十四歲。他是京都人，出身於貧窮的武士之子，不過很早即展現聰明才智。十八歲時，他進入昌平黌學習漢學，二十四歲已升任教授，二十六歲時，擔任該校的重要職位。耐人尋味的是，昌平黌為幕府修習漢學的所在，他卻努力研究西洋的學問。彼時，他曾受託向洋學者箕作阮甫的兒子傳授漢學，但其弟子箕作奎吾反而熱衷學習英語，手抄了十冊《英漢辭典》，透過自己的勤奮，掌握了英語這門外語。

慶應二年，幕府派遣以外山捨吉和箕作奎吾等十二名年輕學子，即由中村正直和川路太郎隨行監督的。只不過，後來德川幕府垮台，統治政權還予明治天皇，這批海外留學精英的金援亦告中斷了。明治元年四月，中村正直帶著學生從倫敦出發，準備返回日本。那時，有個名叫弗里蘭德的朋友，送給他一本書籍。這本書就是塞繆爾・斯邁爾斯的《自助論》（自己拯救自己）。這本書的出版正值近代歐洲自由主義盛行時期，鼓勵透過個人的勤奮努力，即可取得功成名就，是一部富有勵志的雋永文章。在返回日本的船上，中村正直閱讀此書感動不已，在他認為，日本應當結束封建社會狀態，每個日本人都必須建構自己的價值觀，更要熟讀這本勵志之書。明治三年，他花了十個月左右，翻譯了這部書，題名為《西國立志篇》。

*注：本文參考《日本文壇史》一至十四卷，伊藤整、講談社版為基礎擴寫而成。

明治維新中的廢佛運動

對於置身在積弱不振的困境中，試圖藉此重新崛起的國家而言，他們都面臨改革的呼籲，無論是漢語語境中的變法，抑或帶有強烈的現代性政治意涵的革新，這個動詞自始至終具有尊貴的身分，並被賦予絕對的正當性。這種正當性一旦獲致，它就能進行合法性的暴力，鋪天蓋地的掃蕩，壓平所有反對的勢力，為自己冠上神聖的名號。進一步說，道德法庭不能審判它，而它卻能以正當性之名，抹消它們認為和定義的反動惡行。發生於日本明治初期（一八六八）以維新之名推行的「廃仏毀釈」（廢佛運動），應當很符合這個範例的辯證。

我們追本溯源地探索可以發現，廢佛運動的產生，並非如日本教科書所指的，僅只是偶發性的衝突，嚴格講，它是有其歷史性的背景，有國家的學說做支撐。例如在《日本書紀》一書中，就曾經記載，佛教初傳日本之時，即遭到了以物部氏等權門豪族的迫害，進而消滅了佛教思想的傳播。進入戰國時代和安土桃山時代，在由武將小西行長等信奉天主教的諸侯掌控的地方，還大肆燒毀了神社和佛寺。到了江戶時代初期，儒教思想得到官方大力支持，更加促成他們主張廢除「神佛習合」（即神道與佛教相融合）的力道，提倡「神佛分離」，而受到此影響池田光政和保科正之（第三代幕府將軍德川家光的同父異母之弟）等諸侯，旋即在其領地內徹底推動「神佛分離」政策，於是佛教寺院的活動遭到了嚴格壓制。在那以後，常陸第二代水戶藩主德川光圀更擴大了廢佛的規模，據圭室文雄〈水戶藩の撞鐘徴収政策〉一文指出，其領地內的寺院超過半數遭到了廢除。

上述這股廢佛的風潮即使來到江戶晚期並未停歇下來，那些受到德川光圀的影響，以及隨著水戶學（以儒家思想為主，結合國學、史學和神道的學問）的發達，神佛分離、崇敬神道，輕視佛教的風潮比以前更強烈，與德川家族淵源甚深的諸侯們採取更嚴苛的鎮壓。例如在天保年間（一八三一—一八四五），水戶藩的藩主以製作大砲為由，強迫領內的寺院交出鐵鐘和禮佛器具，並對多所寺院進行整理（整嚴）。換言之，這種掠奪性的行為，在某種程度上，與這個時期興起的復古神道（古神道、神道、皇學、本教）思想相符合，尤其以追隨江戶後期思想家平田篤胤的儒學家們，他們都是水戶學的繼承者，進入明治新政府的體制中，必然沿襲前行者的法統思想來制定宗教政策。或者說，這些儒學者恪遵自己的職守，已經為王道復古的政權預先鋪平了道路。

正如上述，從德川幕府取得政權的明治天皇，在重臣幕僚的支持下，開始推展施行新政，於一八六八年四月五日，頒發了《太政官布告》，通稱為《神佛分離令》。毋庸置疑，這道法令即為了打壓日本佛教信仰制定的，此外，它還為後續的執行提供了法源基礎。兩年後的一八七〇年二月三日，明治天皇又下了詔書《宣布大教詔》，宣布明治天皇擁有神格地位，並將神道定為國教，明示了祭（祀）政（體）一致的國家方針。按照明治政府的說法，上述法令和詔書旨在區別佛教和神道的屬性（亦即外來的佛教和國家神道，必須涇渭分明不可混淆），並非藉此排斥或壓制佛教活動，其後引發的搗毀佛寺建築、佛像、破壞重要文化財產的暴力行為，皆因於民眾擴大解釋了詔書內容所致。然而，日本各地佛門僧侶受到的法難，遠遠大於官方公布的數字。

一八七三（明治六）年，大阪的住吉神社內兩座佛塔，幾乎遭到搗毀。到了一八七四年，以信仰山岳修行的山形縣村山地區，開始步上了廢佛運動的風潮。一八七五年奈良興福寺的食堂亦毀於那場暴行中。以千葉縣的鋸山（房總半島南部）為例，該處佛寺內有五百尊羅漢立像，幾乎全數遭到損毀，原本華族（貴族）的墓地，由原先的佛教方式被迫改為日本神道的祭祀。在伊勢國（三重縣），特別是在宇治三田（今伊勢市）慶光院在內三百所寺院，經過這場劫難以後，僅殘存剩下十五座。必須指出，在廢佛的雷厲風行中，薩摩藩的做法更決絕，他們共廢除了一六一六所寺院，沒收寺院的財產，強迫還俗僧侶高達二九六六人，將其中三分之一的僧侶，強制送進軍隊當兵以補充兵源。又比如，在美濃國（岐阜縣）苗木藩，他們於明治初期即徹底實施廢佛政策，不消說，領地內的寺院、佛壇和佛像悉數損毀，藩主祭拜家族的佛寺（雲林寺）遭到了廢除，其後由佛教葬禮亦改為神道儀式。

具體而言，這場災難性的廢佛運動，日本全國將近半數的佛寺處所遭到破壞，寺院持有權甚至被強行變賣，根據大屋德城「奈良における神仏分離」『明治維新神仏分離資料』指出，現今被指定為國家級建築遺址的福興寺的五重塔，當年被以二十五萬日圓賣掉，在尾張國（愛知縣）真言宗智山派的寶壽院，其相關佛教文物被神社售出。換句話說，許多國寶級的佛教文物不是失散，就是毀於這場以維新為名的火炬中。但與此同時，這個在明治維新進程中留下的污點，卻被埋沒在國家史觀的宏觀敘述中，很少出現在公眾讀物的視野中。

不過，相同的歷史總有相異的敘述。

菊池寬於一九四三年出版《明治文明綺談》一書，對於佛教經受災難（廢佛運動）的歷史因素，提出了不同的看法：「在德川幕府的宗教政策中，向來最為寬厚佛教。幕府初期，為了徹底壓制天主教徒，對教徒們施予燙手的酷刑，並命令佛寺造冊，所有民眾為檀那寺管轄。因此，農民和町人（商人）想前往外地旅行，必須向寺院申請通行證。當然，設計這個制度的目的在於，有效控制天主教徒的人數。而檀家制度的實施，把佛門寺院變成了監察機關，凌駕於人民之上。檀家有信徒的捐款，主持葬禮又有收入，寺院的經濟地位和僧侶的社會地位變得重要起來。然而，這個有力因素卻給江戶時代的僧侶們帶來了墮落。綜觀江戶三百年間，到底有多少得道的高僧？依我之見，天海與其說是名僧，不如說是政治家；白隱和尚雖然修行甚深，寫起文章卻顯得迂腐俗臭，而且忘卻宗教家的天職，徒有高僧之名，實為欺騙世人……」然而，在日本佛教史研究者看來，菊池寬終究是大眾作家，而不是論據嚴謹的史學家，菊池寬這段論述不值得信靠。與之相比，羽根田文明《佛教遺難史論》一書立論有據，顯然來得有說服力。

現今，日本的國定標準教科書裡又如何呈現這段歷史呢？在《もういちど読む　山川日本史》教科書中，對於這場廢佛浩劫亦是採取隱微的寫法，只是簡單提及：「……明治政府頒布《神佛分離令》旨在使全體國民信奉和保護神道，並為建立以（明治）天皇為主的中央集權國家。因此，在日本全國掀起間發性的狂烈的廢佛運動……。」於此，我們像禪師那樣自問自答：面對這種隱微多於顯白的歷史敘述，我們能做出什麼判斷呢？或者說我們可以走得多遠呢？

我們必須給歷史分期嗎？

日本的史學界對於近代史的分期向來存在著分歧。一般而言，將明治維新以後，稱為近代史，江戶幕府體制時期則歸入封建社會。不過，有日本學者提出質疑，幕府晚期已逐漸出現近代化的曙光，感受歷史躍然的萌芽，這種歸類似乎失之精準，很可能導致論述者偏離軌道，無法順利抵達歷史的深處。因此，我們考察這時期的思想史發展，即會遇見這傳統性學術的規範，而為了克服此挑戰，看來我們必須給歷史分期，至少做出歷史性的概括，將此思想「前史」明確地標記出來。

眾所周知，自十七世紀以來，德川幕府為了徹底剷除日本境內的基督教勢力，採取卓有成效的政治宗教策略。首先，賦予佛教正統地位，將全國民眾與寺院結合起來，並充分運用佛教的葬祭儀禮，深入民眾的生活，但這樣做並非推廣佛教的教義，而是政治意圖的操作。其次，本質上，佛教思想與重視階級秩序身分的幕府體制，不可能通約又不相融。幕府之所以這麼做，很大原因在於，當時佛教勢力已不具實質的威脅，僅存思想信仰的形式，這是順水推舟的結果。

幕府建構封建秩序的思想基礎，不是傳播無常觀的佛教，而是儒教和朱子學。這個思想有其特質，它試圖將所有人做出區別，標示出上下尊卑的位階，有秩序地維持整體社會的發展，如此便可從中取到穩定的經濟來源。換言之，將所有的日本人劃分為士、農、工、商四種身分，不但可以鞏固統治基礎，各個個體的家庭生活內部，這個階層意識必然會得到強化。對幕府而言，要推動形塑這種政治思想，並使之繼續維持穩固，就必須借助儒者的學問論點。例如，林道春在「春鑑抄」提到「天尊地卑、天高地低。如上下之差異，君尊而臣卑，平民亦復如是。」一朝山素心「清水物語」也說，「若失上下之位，世間之綱常，則紊亂也。」這些強調尊卑關係和社會秩序的論述，甚至在愛情倫理觀方面，同樣有這朱子學觀念的滲透的痕跡。

當然，這並非說儒學內部不會出現變動，始終立於權威的最高點，不受因時代變化促成的新的挑戰。但是歷史向我們揭示，隨著生產力的提升，商品經濟的蓬勃發展，町人（商人、城鎮居民）財力的增加，自給自足的農村經濟日漸衰退，各種嶄新的思潮必然奔湧而至，致力於改造社會的儒者，不可能不提出他們的經世之術。山鹿素行（一六二二─一六八五）即是典型代表之一。這位江戶前期古學派的儒者，曾在林羅山門下學習「朱子學」，後從北條氏長、小幡景憲學兵學，兼學神道、佛教及老莊哲學。一六六二年（承應元年），他強烈批判作為官學的朱子學，大力倡導日用之學，對漢、唐、宋、明諸儒悉加排斥，主張直接繼承周公和孔子以求聖學本旨。其後因觸犯幕府的忌諱，被謫至赤穗達九年之久，得到藩主淺野長直優遇，在該藩有很大影響。一六七五年（延保三年），他獲准退居江戶，直到臨終最後十年，在江戶傳授兵學的精要。確切地說，山鹿素行的經世理論和兵學思想帶有濃厚的武士色彩，被稱為山鹿派兵學之祖，門弟子前後達四千人，幕末時期吉田松陰正是深受其思想影響的一人。

不僅儒者抨擊著幕府的朱子學，作家平賀源內（一七二六－一七七九）更在其戲劇「風流志道軒傳」中說，「所謂迂儒學究，乃著武士禮服，於井中汲水，以火爐烤甘藷，受唐之廢物束縛，己身不得自由。」寫過諸多經濟著作的海保青陵（一七五五－一八一七），在「萬屋談」一文中，對於封建性的教學提出強烈批判：「凡儒者皆為迂腐所蔽，不辨事物之理，全為愚蠢之見。故吾人不必依從儒者之說。」、「縱使其說貌似有理，皆於世無用，落於空泛議論也。」在「天王談」文章中，「當疑者應疑也、不可扭曲原理……」以此呼籲民眾要摒除權威崇拜，切毋盲從妄信。這兩位思想家都通曉西方學問，立場極為堅定，在那樣的時代裡，能夠提出反傳統的批判言論，必然冒著很大風險。畢竟，在思想版圖仍然固若金湯的江戶末期，有此異端思想的勃發，宛如壓低的天空忽然劈下數道驚雷一樣。

從那以後，日本的國學者逐漸擺脫「漢意」的限制，換言之，他們放下景仰中國的眼鏡，不帶中國傾向的思想觀點，而是以實證主義的科學精神，從事各種領域的探究。這方面以本居宣長（一七三〇－一八〇一）為代表之一，雖然其國學帶有復古神道的神秘主義的屬性，但在和學（日本學）、史學、地理學、農學、本草學、醫學等等，包括人文自然領域，都取得可觀的業績。然而，我們不禁要問，為何幕府鎖國體制如此堅固，卻阻擋不住來自西方的文明、學問、知識的滲透？有一種論點指出，幕府之所以面向西方開放，很大原因在於外部壓力。首先，幕末時期與歐美各國接觸交和交涉頻繁，接著長崎這個與荷蘭通商的窗口，不斷獲得新的知識，這嚴重衝擊著日本這個島國的傳統學問和歷史視野。尤其，從杉田玄白（一七三三－一八七一）透過人體解剖實驗，推崇荷蘭科學性的解剖學，這個新知的力量起著重要作用，震撼著日本人的心魂。

對於始終維持原狀的統治者而言，隨著產業革命的提升、西方列強的軍事實力逐漸擡頭，其實已無法做出抵抗，儘管在幕府眼中，他們瞧不起這些「蠻夷」國家，更不想向西方學習，真要學習的話，只有技術方面，至於蠻夷的道德和思想，他們興趣索然毫不關注。自新井白石（一六五七－一七二五）的西方觀點以來，統治階層一貫見解在於，日本的蘭學乃至洋學，不應自我設限，抑或為了鞏固封建秩序，而是必須將此實用技術應用於自然科學的領域。佐久間象山（一八一一－一八六四）這樣的西方論者，對於「東洋之道德，西洋之技術」的封建思想，同樣深所迷戀。我們若回溯一下，「黑船事件」帶給日本的衝擊，同樣可以得到許多歷史的動向。一八五三年七月八日，美國海軍准將佩里率領四艘「黑船」（蒸汽軍艦）艦隊，先是經過下田港，接著來到浦賀港拋錨下碇，從此打開與日本的通商之門。但不無諷刺的是，「黑船事件」這屈辱性的威脅，卻致使攘夷的幕府內部最終同意建設海軍。

正如前述，當封建思想的權威，因其西方外來思想的衝擊，原本在元祿・享保時期，對於西方現代化和社會原理所知有限的民眾，進而開始意識到新時代對他們的期許。不止儒者提出批判，作家們在作品中提及的觀點，同樣發揮很大作用。寫過《好色一代男》的井原西鶴（一六四二－一六九三）在「諸豔大鑑」中，不無諷刺地說，「大名（諸侯）之崇隆，天下無可替代」；以《曾根崎殉情記》聞名的近松門左衛門（一六五三－一七二四），在「夕霧阿波鳴門」作品中，藉題發揮「侍（武士）與町人無貴賤之分，端純高貴之心」。實際上，這些反政府的言論都未能打破四民階級的劃分，卻為明治以後提倡人類平等的概念奠定了重要基礎。

從這論述的基礎中，我們似乎可發現尊皇攘夷論，之所以成為改革的指導精神，發揮有效的作用，很大原因在於，德川幕府的領導階層深切的認識，他們根本無力克服和抵抗外部壓力，又擔心淪為歐美的殖民地，因此不得不向西方開放門戶。進一步說，吉田松陰（一八三〇－一八五九）當年於「戊午幽室文稿」的呼籲，已清楚朝王政復古的方向前道，到了慶應四年（一八六八），亦即明治維新元年，幕府政權垮台，大政奉還給明治天皇，時代由稍具封建色彩，轉向迎向力圖全盤西化的明治的顏色。一個新的帝國從此誕生，但是擺在其面前的內部矛盾，並未因其新政府的建立而消失，而必須是每戰必勝的鎮壓和殺戮。這個勝利的贏得，有愛國志士的歡呼，有為幕府終結的惋惜。詩意地說，明治這個國家的形成，其光明面和陰暗面的披覆，都給那個時代的日本人留下不可抹滅的印記。至於，作為後見之明的我們，只能從這些歷史的蛛絲馬跡給歷史做分期，以方便我們隨時進入那個年代，至於考察或考古或隨意思想，全憑理智的讀者決定了。

*注：本文參考丸山真男《日本政治思想史研究》、家永三郎《日本道德思想史》、鹿野政直《日本の近代思想》。

福澤諭吉之後…

小泉八雲的解僱風波

多年以前，我覺得小泉八雲的著作很有意思，值得深讀和思考，尤其他以日本文化實踐者的視點，自然流暢的寫作風格，總能為讀者提供新穎的啟發，為有意往下探索的人指點方向。特別是其代表作《神國日本》，對於日本自然神道的源流和生活習俗的探索，都有精闢的見解。只不過，我手頭上雖然有其著作，但中譯本多於日譯本，英文版書籍寥寥可數，恐怕無法做詳盡的介紹，談不上是正規的研究。所以，若說我能挖出哪些名堂來，那麼頂多是個揭開文壇八封新聞的好奇者而已。而我既然要說，當然從快樂的面向開始談起，因為有了愉快的心情，文章的血脈才會暢順，筆尖自然飽含感情。

小泉八雲，一八五〇年生於希臘，原名Lafcadio Hearn，父親是愛爾蘭人，母親為希臘人，他的童年生活是在英國和法國度過的，因父母失和離異，父親又再婚了，他最後為父親的叔母收養，但在校期間，由於遊戲不慎，導致左眼失明。十九歲那年，他前往了美國打工，憑著卓絕的努力成為新聞記者，步上獨立的生活之路。一八九〇（明治二十三）

年，他以哈瓦斯通訊社通訊員的身分來到日本。他最早在出雲的松江中學教授英文，其後與當地女子小泉節結婚，為此，他從妻姓小泉取名八雲。一八九六（明治二十九）年秋天，外山正一擔任東京帝國大學文科大學校長，他滿懷熱情向小泉八雲發出了招聘，希望這位傑出人才來東京帝大英文系任教。正如前述，小泉到過英國和法國學習，雖然沒有受過正規的文學理論訓練，但他刻苦精進勤奮於寫作，很快就顯露出作家的才華。他抵達日本之後，曾經在熊本的第五高中任教，累積了不少教學經驗。正因為他是那種自學成才的典範，到東京帝大執教以後，教學極為認真，授課內容充實，受到多數學生的好評。這個卓越教師的風範，也為他後來遇到頓挫得到友善的響應。

根據牧野陽子《Lafcadio Hearn》一書指出：「小泉八雲講課很有吸引力，與其為學生傳授正確的文法和作品相關知識，他更側重於分析作品中的情感和心理活動，帶領學生進入作者的內心世界。他擅長文學作品的鑑賞，有著天生的浪漫主義情懷，精闢講解英美詩歌，朗讀的聲音極富磁性，讓學生們聽得如痴如醉，簡直不想下課……。」這是作者根據史料，對於小泉八雲精采講課風貌的回述，照理說，他的講師生涯將繼續綻放光彩的。不料，到了一九〇三（明治三十六）年三月，校方突然向他發了一則解僱通知：「本大學為配合推動新方針，即日起解除雇用外國教師，起用留學歸國之日本人。」對於這不合理的對待，小泉八雲如同晴天霹靂打擊，但是仰慕其教師風範的學生，並未坐視不管，而是熱情相挺。例如後來成名的作曲家土井晚翠、戲劇家小山內薰、評論家厨川白村、英文學者戶川秋骨等人，共同發起了留任運動。關於這段事件的經過，在坪內祐三的評述以及關田薰的《小泉八雲和早稻田大學》一書中，有詳細的說明。小泉八雲受到東京帝大的解僱以後，那時，擔任早稻田大學校長的高田早苗是個具有遠見的教育家，她立刻邀請小泉八雲來校執教，體現著自由思想的精神，翌年四月起，小泉八雲來到早稻田大學，開設了英國文學講座，豐富了求知若渴的早大學生。

嚴格說來，在這起解僱風波中，時任文科大學校長的井上哲次郎扮演著重要微妙的角色。當時，學生們自主性發起的留任（小泉八雲）的運動愈發高漲，井上哲次郎見形勢不可擋，到了不得不妥協的地步，便向小泉提出條件：「這並非解僱，減少授課時間，由每星期十二小時減為八小時。」據小泉八雲表示，事實上，他於是年一月十五日，已收到這則妥協提案，但校方卻沒有更具體的說明，旋即發來一則解僱通知，簡直粗魯無文到了極點。這一則通知嚴重傷及了他的自尊，他無法苟同，當下就拒絕了這個提案。此外，小泉八雲還認為井上哲次郎的做法有欠公道，有些偽善的意味。小泉八雲的遺孀小泉節的口述筆記《思い出の記》於一九一四年出版，其中一段記述遭到了刪除，原文是這樣寫道：

「井上校長來訪面談，遭到良人（丈夫）斷然拒絕，因為井上校長所提之條件，給良人甚為不悅。……井上是個卑鄙無為的人，只求明哲保身，沒有男人氣度和擔當。……專程來留任的井上博士，反倒成了從中作梗之人。」

然而，所謂世事多變化，變得更諱莫如深令人無所適從。小泉八雲遭到東京帝大的解僱，其繼任的「留學歸國的日本人」，即是那年一月末剛從倫敦留學返國的夏目金之助，也就是鼎鼎大名的大文豪夏目漱石。不過，夏目漱石是個正直的人，一直到他成為專業作家之前，他的教書生涯多半是因於維持生計，與自己的文學志向無關，正如他在《論文學》一書自序中所說：「我於明治三十三（一九〇〇）年奉派前往英國留學，當時我正在第五高等學校任教，收到留學通知之時，我並不特別希望出國，同時覺得應當有比我更合適的人選。不過，校長和訓導主任說：是否有更合適者並非由你決定，本校已向文部省推薦你，文部省接受推薦，也予以批准了，決定選派你為留學生，若無異議，你最好從命。我雖然沒有特別去留洋的意願，但也沒有固辭的理由，因此只好答應了。」

進一步說，日本文部省選派夏目金之助前往英國留學，目的是讓他學習英文教學，而非研究英國文學。對他而言，儘管命令難違，他在倫敦的苦悶生活中，仍然大量閱讀有關英國文學的書籍，蒐集論文資料或為回國授課做準備，他總是自謙，從來不敢自詡精通英國文學，向青年學生說，必須在年輕時期立定志向，有必要廣泛涉獵，儘可能遍覽群書，在某種專門領域做出貢獻。話說回來，要成為頂尖的作家，自然得勤於閱讀和寫作，甚至紮實做好學問，才有持續寫作到終年的底氣。然而，寫作與教學畢竟不同，出色的作家未必善於教書授課，如許多《黑格爾傳》指出的那樣，黑格爾很有學問哲學體系龐大，但據說他在大學講課枯燥乏味，使得講台下的學生昏昏欲睡，與其偉大哲學家的形象形成了強烈對比。根據史料回述，夏目漱石授課的時候，教學極為認真嚴謹，學生們絕不敢打盹，或者心猿意馬，但與小泉八雲啟發著學生對於閱讀的想像，生動有趣的教授方式相比，顯然是落居下風。在日本近代文學史中，他們兩位都是重要的作家，透過他們的作品記述，我們才得以掌握住古代日本神國的精神面貌，更清晰看見明治時代的浮光掠影，失去這些文本的參考，等於我們無法附註歷史的注腳。不過，當我們聚焦於小泉八雲的解僱風波，為其打抱不平的同時，有時間的話，或許應該騰出時間，了解井上哲次郎的學術背景。那時，井上哲次郎不只身為東京帝大的校長，還是日本國家主義的哲學家，著有《敕語衍義》（明治二十四年出版）一書，我們要批判日本教育敕語的形成史，有必要知道他是如何援引德意志時期的國家哲學，以何種高明的手法，對此做出定義和重新解釋，使當時的人民一時無法反駁其論點的。

自己創造明星——與謝野鐵幹和鳳晶子

當我們回顧詩人的創作生涯時，不難發現，他們有個共同點，在出道成名之前，幾乎都參加過詩社，集資出版同仁詩刊、雜誌。他們在那刊物上發表詩歌、文章，鍛鍊寫詩撰文的技藝，等作品累積到某個分量，就出版問世為自己的詩路留下印跡。現今想來，這的確是個好方法，畢竟，沒有強勢媒體的支撐，沒能被選為樣板的機會，想成為詩壇閃耀的明星，擴展知名度影響力，就必須自辦刊物和長期經營，這兩個條件將發揮著重大的作用。

一九〇〇年（明治三十三年）四月一日，詩人與謝野寬（鐵幹）創刊《明星》雜誌，剛開始，這份刊物為小型報紙的對開版，同年八月發行到第五期，仍然沿用這個版型，第九期則改為三十二開，到了一九〇八年（明治四十一年）十一月，共計發行了一百期，才宣布停刊。從雜誌的發展史來看，與謝野鐵幹的《明星》能撐持到一百期，實在不容易，何況在掙錢困難的時代裡，創辦理想的雜誌絕對是奢侈的行為。

所謂正因為有榮光，就必有挫折，有褒揚就有詆毀。在日本文壇上，仍然沒有例外。就有文壇的好事者發現，在《明星》創刊號版權頁上，發行人和編輯登記為林瀧野，進而深入探查摸底，原來該雜誌的編輯事務，全由當時二十七歲的與謝野鐵幹負責。以此類推，該雜誌題為「明星」的卷頭語，想必是出自與謝野鐵幹的文筆。誠如這位雄心勃勃的詩人宣示的那樣，《明星》是東京新詩社的刊物，主要刊登前輩名家的作品，舉凡藝術、評釋、論說、講演、創作（和歌、新體詩、美文、小說、俳句、繪畫等）批評、隨筆等等，此外，他們竭誠歡迎社友賜稿，以增光篇幅。

更確切地說，與謝野鐵幹有更大的意圖，他希望強化這份雜誌的體質，使之長期發展下去。正如當時的新體詩人一樣，缺乏文化涵養，《明星》雜誌的內容即存在這些缺點，因此需要文壇頂尖的作家執筆賜稿，尤其，在和歌、短歌、小曲、英詩、德國詩、漢詩、俳句等領域多予提點。就該雜誌的篇幅而言，除了廣告之外，全十二頁當中，有兩頁半作為「中學時代」專欄。在本文方面，有諸多亮眼的作品，例如梅澤和軒翻譯「亞斯頓的和歌論」、落合直文的短歌「鶴唳」、久保天隨的「鵲寓詩解」、薄田泣菫的新體詩〈夕晚之歌〉、井上哲次郎和泉鏡花等作家對於色彩偏好的回答，還有廣津柳浪的小說〈他的身影〉。不過，從閱讀的熱度來看，島崎藤村的新體詩〈旅情〉，似乎最吸引讀者的目光。

島崎藤村比與謝野鐵幹年長一歲，他於三年前夏天出版了第一本詩集《若葉集》（春陽堂），旋即引起文壇的矚目，在《明星》雜誌刊登他的詩作，必然能增加讀者群。

談到與謝野鐵幹創造的「明星派」作家詩人們，我們不得不提及關於他的蜚短流長。正如上述，《明星》雜誌的「發行人兼編輯」林瀧野，其實就是與謝野鐵幹的同居人，他們之間產有一子。根據正富汪洋所述，明治二十二年至二十五年，與謝野鐵幹擔任山口縣德山女校的教師，林瀧野是他的學生。正因為這段變形的師生緣，才招來其後的人生風雨。據林瀧野所述，明治三十三年四月，與謝野寬創刊《明星》雜誌的資金，即援引其娘家資助。只是，這裡存在著人性矛盾，在與謝野寬看來，林瀧野是個平庸的女人，因此他並不愛她，他們關係甚是冷淡。偏巧在這個節骨眼，一位住在關西的年輕女歌人鳳晶子，向《明星》第二期投稿了六首短歌〈花がたみ〉，這乍然而來的詩情碰撞，使他們彼此傾慕更加旺燃起來。在與謝寬的想法裡，自己的妻子必須有藝術才華，必須是得以與他並肩前進的女性伙伴，寫詩的鳳晶子正符合了這個理想條件。其後，與謝野鐵幹和鳳晶子的熱戀就這樣爆燃開來了。當時，《明星》雜誌受到文學青年的關注，發行量由原先五千冊攀升到七千冊，可謂暢銷的雜誌。然而，明治三十四年三月，坊間出版了一本奇書《文壇照魔鏡》，該書沒有標出作者姓名和出版社，即在八卦他們之間的情史，揭露與謝野寬是與女性關係複雜的、始亂終棄的人。這個衝擊使得《明星》雜誌的發行量嚴重下跌，至於真相到底為何，正富汪洋的《明治時代的春青》這本書，似乎能提供較完整的情節，不過，真正的愛情終究要禁得起任何的質疑。是年六月，晶子來到東京，開始和與謝野鐵幹同住，於這部奇書出版的半年後——明治三十四年九月，這對詩人情侶與謝野鐵幹和晶子結婚了。

從鳳晶子變成與謝野晶子以後，她並沒有辜負眾望，逐漸展露出其詩人的光芒，強權之手都無法將其抹除。明治三十七年九月，與謝野晶子於該期《明星》發表了詩作〈汝不可死呀〉，這首詩作是為因日俄戰爭被徵召至旅順的弟弟而寫，整首詩作洋溢著人道主義色彩和自省反戰的精神。只不過，在歷史小說家司馬遼太郎最為稱道的明治時代，這首情感真摯的詩作，必然引來極端愛國主義者的抨擊。是年，大町桂月於《中央公論》十月號，措詞強烈批評與謝野晶子，批判其「否定這戰役的正當性，一味高唱社會主義，她是草莽無智的女子，應當奉公守法，背誦學習『教育敕語』，不許非議宣戰詔敕……」然而，與謝野晶子並未怯懦，立刻於《明星》十一月號撰文反駁，雙方交戰的火花，進而延燒到劍南和桂月身上，他們在《讀賣新聞》上唇槍舌劍，打得一時難以收拾，最後演變成與謝野鐵幹與平出修二人，直接找上了桂月談判。

這些激烈交鋒的經過，師事詩人上田敏和文學評論家廚川白村的矢野峰人（他於一九二九年曾任台北帝國大學教授），在其《鐵幹・晶子及其時代》一書中，均有詳細的記載。在矢野峰人看來，他非常認同晶子的詩歌思想，批評桂月的用語過於極端粗暴，已失去文藝評論家應有的風度。矢野進而說道，如果這首詩作發表在昭和十年（一九三五），情況極為不妙，毋庸置疑，晶子立刻就會成為《治安維持法》的祭品。換言之，在鎮壓言論的年代裡，任何可疑的影射，絕對招來牢獄之災。晶子這首反戰詩的內容如此明確，軍部必定要為她扣上反國家的高帽子，將她扔進嚴寒的苦牢。當時，許多異議分子和牴觸威權統治的知識人，都落得如此下場。

話說回來，作為詩人與謝野鐵幹仍然有所作為，起碼他願意和時代命運共脈搏，以另一種婉轉的筆鋒，介入時代事件的關懷。他寫了一首俳詩〈誠之助之死〉，表達同情因「大逆事件」一案被株連處死的大石誠之助醫生，引起了諸多共鳴。的確，與晶子詩歌方面的成就相較，與謝野鐵幹似乎略為遜色些，不得詩人作家的青睞。日本文學專家指出，從石川啄木於明治四十一年至四十二年的日記來看，在日記裡，他激烈批評與謝野鐵幹的文學觀老舊俗套，不敢向閉塞的時代發出挑戰之音，對於晶子的評價很高，給予溫厚的支持。女作家宮本百合子於《婦人與文藝》雜誌中，即高度讚揚晶子的社會評論及其作品，在她看來，晶子比起《青踏》思想新潮的娘子軍們，更有積極的作為。

就他們的婚姻生活來看，晶子與鐵幹的情感很濃密融洽，堅定支持其夫君的文學事業。明治四十四年，原本英才勃發的與謝野鐵幹卻陷入了瓶頸，晶子為了相助夫君打開這困頓的局面，於是年年末，毅然地將夫君送往法國留學一年，住在法國期間的各項費用，全依靠晶子的寫作所得匯寄。或許，不止詩人如此，所有人經歷人生的風浪以後，對於人世間自當有不同看法。到了明治四十五年，晶子寫作《青海波》之時，與其處女作短歌集《亂髮》（臺灣詩人李敏勇中譯本）、《戀衣》、《白梅集》等代表作，風格已經迥然不同。或許可以說，從青春、戀情的短歌，到激揚之愛的詩作，都各自展現著自身的特色，無法彼此取代，也不需取代捨棄，有其源初就有發展，就看有興趣的讀者要走進哪個連接點。不過，正如前述，這一對詩人伴侶有個共同點，他們用熱情和誠懇創造出日本文壇的明星，而有情的時代沒忘記他們，也將他們安放在明星輝耀的位置上，只要讀者仰望凝視，大概都看得到的。

日本大眾作家的苦惱

菊池寬

我們不得不說，「文壇」這種作為作家發表作品的公共空間，後來因這舞台成名得利的祕辛，以及其形成過程的確充滿時代的意趣，它甚至可能搖身一變，變成了藝文導覽員，把好奇者又帶回大眾生活的場域。例如，在明治時期，只要文人作家自成團體，創辦刊物發表文章，或者以作家書房交誼，廣義上就可稱為「文壇」。最早有尾崎紅葉的「硯友社」、夏目漱石的「漱石山房」等等，那裡可謂他們的文學沙龍，同伴相互鼓勵批評，以求寫作技藝的提升，但還沒有藝文市場的概念。

如果我們從當時的薪資水準來看，或許就能更加理解作家們與稿酬搏鬥的故事。以夏目漱石為例，那時他在東京帝國大學擔任講師，所得薪資不多，因此《朝日新聞》找他到該報社撰寫連載小說，他經過慎重確認，掛上記者頭銜，保證月薪二百圓，並有年中歲末等高額津貼，他才辭掉了教職，成為有穩定收入的報社記者。後來，夏目漱石的小說大為暢銷，慢慢地擺脫了窮困生活的糾纏，可謂名利雙收，他是作家成功轉型的佳例。然而，如他這般幸運的作家終究少之又少，多半仍然在貧窮線上努力求存。

到了大正時期，作家面對的挑戰又不同了，只憑出版小說作品集的版稅，幾乎很難維持家計。新的時代出現新的媒體，印量龐大的雜誌決定著作家的命運，誰能在知名雜誌寫稿，就能拿到厚實的稿酬，成名也相對快速。根據統計，當時（一九一一年）由著名總編輯瀧田樗陰主編的《中央公論》，銷售量就高達十二萬冊，於大正五年創刊的《婦人公論》也高達七萬冊。這些暢銷雜誌提供給作家的稿費，還勝過明治時期在報社撰寫連載小說的記者。所以，那時有一種說法，瀧田樗陰總編輯坐著人力車到某作家住處，那位作家等同於受到文壇的肯定，直白地說，他就是有（文壇）正字標記的名作家。

根據《日本文壇史》指出，大正七年的時候，瀧田樗陰的人力車來到了菊池寬的住處，由此可以看出他的作家地位。只不過，許多人並不知道，菊池寬成為著名的大眾小說家以前，經歷過幾多波折，以及他和芥川龍之介之間的微妙關係。

確切說來，菊池寬和芥川龍之介是舊制一高的同學，只是菊池寬就讀一高以前，經歷了某些波折，也就是他在即將畢業之時，無端被捲入了一起竊盜事件，而遭到了校方退學，因此他們雖然是同學，卻比芥川龍之介年長三歲。菊池寬看到文學夥伴進入了東京帝國大學，自己卻沒有畢業證明，心中難免感到落寞沮喪。為了振奮起來，他後來到京都大學選科當旁聽生。不過，他從京都看到同學芥川發表了短篇小說〈鼻子〉，成功地在文壇打響了名號，並得到了夏目漱石的激賞，更讓他焦灼不已。不過，這裡有一段文壇插曲，還必須提及受夏目漱石和森鷗外影響而創辦的《新思潮》文學雜誌，了解這作家的成名過程，在某種程度上，可以解開菊池寬起步落後的原因。除了豐島與志雄、山本有三和佐藤春夫之外，久米正雄、菊池寬、芥川龍之介和松岡讓等等，亦是第四次《新思潮》復刊的台柱作家，在這成員當中，以久米正雄最早於文壇上闖出名號。其後，久米和芥川成為夏目漱石的入室弟子，學習文學寫作的堂奧。說來奇怪，漱石收了這兩名門徒，只對芥川青眼有加，毫無保留地肯定芥川的作品，說他具有傑出作家的稟賦，但對其門徒久米正雄並非如此。他批評久米雖然寫得出好作品來，文字上卻略顯鬆散。久米得知老師對他這番評語，想必很不服氣。

還有一種說法。當時，漱石似乎有意將長女筆子嫁給芥川，得知芥川已有女友因而作罷。同為《新思潮》夥伴的松岡讓，開始向筆子展開情書攻勢，歷經誠摯的追求，最後勝出成為漱石的女婿。而成名較早的久米，在那以後沒能振奮起來。他的文學夥伴菊池寬，在寫作事業同樣毫無起色。

直到大正九年，菊池寬分別於《大阪每日新聞》和《東京日日新聞》連載《珍珠夫人》，這才正式闖出了名號。那時，讀者對這部小說反應熱烈，為之著迷的程度，已超過明治時期尾崎紅葉於《讀賣新聞》連載的《金色夜對》。換句話說，菊池寬筆下創造的女主角，正是女版的《金色夜叉》。這部小說造成了轟動，形成了一股潮流，旋即被改編成舞台劇，可以說菊池寬的文學產業就此騰飛了起來。而這股氣勢和力量，發揮著重要作用。當年，追求筆子未果的久米正雄，發現了菊池寬的通俗小說獲致成功，轉念一想，亦想藉由通俗小說的載體，一掃心中的塊壘。其後，他把當年失戀的過程情節詳細地寫進《破船》這部小說，甫一出版，立刻引起熱烈閱讀，他也成了暢銷書作家。

回到菊池寬建立的文學產業上。一次，菊池寬和芥川龍之介到大阪演講，有個鐵粉藝妓專程來到他們下榻的旅館浴室窺看，興奮地指著說：「他就是作家菊池寬呢！」與菊池寬的後勢看漲相比，芥川卻遇到了挫折，他的新聞連載小說戛然而止了，很大原因在於，他的短篇小說的確得到知識精英的青睞，但他卻寫不出帶有娛樂性質的大眾小說。在日本作家看來，大眾小說這種取自於真實社會事件的題材，必須親訪調查和蒐集資料，以生動有趣的情節來吸引讀者，可他就是應付不來。或許，我們參考夏目漱石在評價久米正雄的作品那樣，並比較菊池寬與芥川龍之介的文學觀點，即能知道大眾小說與小眾文學之間的邊界。

例如，芥川龍之介認為：「作家的創作應當源自對於藝術的純粹感動，同時亦在顯現他的人生看法和世界觀。……凡缺少這兩種特質和精神，就稱不上藝術作家了……」這是芥川對小說創作的定義。他在自己的隨筆中，多次表達文學藝術性的重要，並且把它推到最高的位置。對此，他的《羅生門》和《枯野抄》似乎在向讀者證明，藉由他辛勤的藝術追求，他巧妙融合了「大和、漢文、西洋」的精髓於一爐。儘管芥川晚年的作品〈齒車〉，比起早年追求的文學之「美」，已轉向了對人性之「真」的深刻凝視，這些稍為變化仍然沒有離開他堅持的文學世界。如果說芥川追求文學中的「真」與「美」，菊池寬的創作觀則表現在對「善」和「道德」的呈現。他在史實傳記《恩讐の彼方に》（《超越恩仇》，一九一九）中，提及日本的人情義理，的確多少帶有道德說教的色彩，但他不在乎冒著這樣的風險，他試圖運用小說這個載體做出強有力的發揮。在他看來，訴諸大眾的作品（文本），首先要擺脫正統文藝規範的限制，他直接介入大眾的生命核心，而這樣必然造成藝術至上的亮度的減損，可是相反地，它的積極入世和趣味人生，相對能夠吸引更多讀者的閱讀。

進一步說，大眾小說必須考量閱讀的趣味性，吸納更多讀者進入它的世界裡，如此方能擴大傳播的範圍，恰巧這個主要舞台已開始轉變了。原先在報紙連載的大眾小說，轉移到印量龐大的雜誌上，女性雜誌的銷量直線上升，菊池寬躍然成為知名的流行作家，他整日無比忙碌，為各雜誌撰寫連載小說，一次，他原本計畫出國旅行，卻因截稿在即因而作罷。然而，在寫作之路上春風得意的菊池寬，遇到了批評的巨浪。那時候，正值日本無產階級文學風潮正盛的年代，態度激進的普羅作家嚴厲批判菊池寬，說他寫不出卓越的作品，只會成群結黨搞關係，整個腦袋浸透著暴發戶的思想。不僅如此，無產階級作家同樣使用變形的暴力，祭出所謂的道德重壓，逼迫菊池寬別沉迷於庸俗的大眾小說，要儘快寫作清新的作品。不過，從其後的作品來看，菊池寬並未因此折服於這些同行作家所施加的壓力。

實際上，以作家的鍛鍊而言，這種取樂他者（大眾）的寫作訓練，不完全只有壞處，沒有啟迪的作用，反而給予菊池寬見證大眾的力量。正如他對大眾的重視那樣，他將讀者放在首要位置上，希望與讀者做深切連結，因此，他每期在雜誌上公布當月雜誌的印量，做到資訊公開透明。就這角度來看，菊池寬的確是個奇才。他不僅善寫大眾小說，又具商業嗅覺的機敏，有這雙份才華的加持，文壇功名錄上，自然要把他推到大眾小說家的頂峰。此外，他必然也知道，當一名作家好不容易闖出了名聲，稿約如雪片般飛來的同時，其背後就會有伴隨而來的苦惱，這些他都必須次第地克服，否則他很可能成為文壇的失蹤者，因為後代的文史研究者未必有興趣重拾這段軼聞，更別說對此文學事件重啟調查了。這無關乎純文學與大眾小說之爭，無關乎文學地位高低的問題，只能說，從這個角度重新思考，我們可以看見日本的大眾小說在歷史變遷中的生成與衰微，而我們身為愛讀小說的廣大讀者，也不得不自我提醒，陷入文壇八卦的流沙河中，雖然不致於滅頂身亡，卻有不可自拔的危險。

綠紅紙上的題簽

佐藤春夫

正如字面所示，文學史家在文學史中論述作家及其作品，著重於作家的思想性、文學特質、表現技巧，以及作品對於後世的影響，等等。除此之外，我們若想知道作家的八卦和隱諱私事，甚至更毒舌似的批評，其任務似乎就落在文壇外史或者作家日記的鐵肩上了。更準確地說，它們是不宜公開的，只留給好奇的讀者不辭辛苦來挖掘。在正史中看不到的事件，例如，佐藤春夫和谷崎潤一郎的換妻事件，在這領域都能得到呈現。只不過，事件真偽程度如何，就依讀者探究的深淺而定了。而佐藤春夫是日本著名作家，享受聲譽加身的光環，自然比其他名聲較次的作家引來矚目，從公領域到個人緋聞，他是獵奇者熱門的談資，而且不受時空的限制。

在竹內良夫《春日會》（一九七九年、講談社）一書指出，大正十四年十一月，佐藤春夫和小田中多美從原本的新居搬到了小石川音羽町九—十八號。從那以後，《朝日新聞》記者長谷川幸雄亦在此當門生接應訪客。實際上，佐藤春夫搬到音羽町，有幾個緣由促成。由於詩人、法國文學家堀口大學（一八九二－一九八一）住在附近，是他慫恿佐藤春夫比鄰而居。此外，音羽町的地緣位置甚好，大出版社講談社的辦公樓房、政治家鳩山一郎的宅第都在這裡。據長谷川幸雄回述，自一九二三（大正十二）年，關東大地震以後，東京災情非常慘重，大量的民房燒毀，放眼所及幾近廢墟狀態，能夠招租的房屋很少，就算找到租屋處，房租並不便宜，少則要四十至五十日圓。當時，一般市民每月必須有四、五百日圓收入，方能維持家庭開銷。對長谷川而言，當時稿費行情每四百字十日圓，他無論如何每個月都得拚出兩萬字稿量來，否則真要鍋底朝天了。順便說明，依據當時「職員薪資調查」指出，大正十四年大學畢業生起薪為八十至九十日圓，我們或許可以順理推論，這些數字很有意思，因為除了文學創作之外，它們透露出當時的經濟活動面向。

回到文壇和出版的話題上。大正十四年，堀口大學出版了譯詩選集《月下の一群》，他選編出法國六十六位近代詩人的作品，長短詩作共計三百四十首；上田敏《海潮音》、永井荷風《珊瑚集》兩部詩集，引起了很大共鳴，為日本詩壇留下重要的里程碑。是年，佐藤春夫陸續於《朝日新聞》發表長篇評論文章，回應同時代作家的聲音。不止如此，佐藤春夫又出版了得意作品……《霧社》和《女誡扇綺譚》，這是他前往當時日本殖民地臺灣旅遊經歷各種見聞寫成。翌年，他在第一書房出版了《佐藤春夫詩集》，新潮社於此時出版其隨筆集《窮乏讀本》。在日本皇室和政治方面，在位不久的大正天皇於這年駕崩辭世。

論起日本作家的彼此往來，佐藤春夫交友很廣闊，這時他與沖繩詩人山之口貘、富澤有為男、井伏鱒二等作家的交誼頻繁起來。然而，他仍有幸運的反面，他的婚姻生活觸礁了，短暫陷入了低谷。佐藤春夫與多美的相處並不融洽，為此折騰得滿身倦乏，外宿的次數增多起來，最後索性住進了旅館，專注寫稿與外界交誼，不再回到家庭的溫存。不消說，他的做法自然引來妻子多美的氣憤，她實在氣不過，便打電話給正從關西上京的谷崎潤一郎，向他投訴心中的不平。谷崎聽完苦訴以後，卻有了新的盤算。他思量著，既然佐藤春夫與多美不睦，何不趁此機會離婚？他可以讓出自己的前妻千代子，成全佐藤春夫的好事。在這當中，有個耐人尋味的插曲：那時候，佐藤春夫的宅第剛落成不久，谷崎潤一郎順便藉此探望究竟。到訪之後，谷崎稱讚了佐藤的書齋很有特色，其粉紅色外牆顏色真美等語，不過，佐藤沒有正面回答，很可能同意其看法，也許是不予置評。

在前輩作家看來，長谷川幸雄是個好青年，勤勉向學意志堅定。他有個心願，希望成為佐藤春夫的門生，而主動撰寫了一篇八百字隨筆〈茶花有夢〉，呈交給佐藤春夫。經過佐藤春夫和堀口大學審讀，他終於通過了這個難關，正式成為佐藤春夫的門生。爾後，長谷川自青山學院的神學科畢業，前往美國留學，順利從普林斯頓大學科畢業，歸國後不久，在《朝日新聞》擔任記者。繼長谷川之後，又出現一位文學青年富澤有為男，他也想成為佐藤春夫的門徒。一日，長谷川通報師父佐藤春夫，「富澤先生來信說，他有里見弴老師的推薦函，想來拜會佐藤老師。他說老師願意面見，會在綠紙上題字，若拒見的話，以紅紙題字示之。」長谷川心中暗忖：咱們老師用這種方式拒迎訪客未免太奇特了。於是，長谷川當面詢問佐藤老師如何答覆。豈料，佐藤春夫向長谷川說，「我不是叫你將兩種色紙都貼上嗎？」這個回答給長谷川困惑不已，心想佐藤老師何必這樣惡整折騰求訪者呢？事後長谷川說，他看見富澤有為男蹲在佐藤家的門口，苦思良久不知所措。

再說富澤有為男的文學決心。他說，他原本就讀美術學校，日後想成為畫家，經由遠房親戚岡田三郎力的指導，他曾在帝國美術院發表作品。儘管如此，如他自述，很早以前即醉心於文學創作，他十八歲那年，寫了一部近四萬字的小說，透過岡田夫人和水上瀧上郎的安排，得到小說家里見弴（一八八八－一九八三）的推薦，刊載於文學季刊上。然而，他卻為自己將來投身畫家或小說家躊躇不前。就在那時，他閱讀《田園的憂鬱》大為感動，從此下定決心要成為小說家。他甚至認定佐藤春夫即是其「文學宗師」，里見弴很是激賞，覺得這青年前途看好，為他寫了一封推薦函。話說回來，彼時聲名卓著的佐藤春夫，用這種方法難為門生的惡作劇，後來倒成為文壇之間的有趣話題。其後，與太宰治私交甚好的作家檀一雄，每次在街路上遇見富澤有為男，旋即用模仿的口吻說，「我正要去面見佐藤老師呢……」，這弄得富澤有為男總是苦笑以對。總括地說，無論在臺灣或日本文壇，即使有文學青年立志成為小說家，那種師徒制的關係和機緣已不復存在了，在世的小說大師已逐漸凋零，師事於某大師門下的故事，只能從往事的傳奇中尋找，現代的作家必須像安靜的農夫那樣，每日到田裡辛勤照料農作物，也未必能有好收成，有時候豪雨成災，有時候乾旱歉收。或許我們可以這樣設想，佐藤春夫早有先見之明，他刻意用這種方法考驗門生的決心，其實不失為一種匠心別裁。

風雨的顏色

井伏鱒二

在井伏鱒二的文學作品中，以《黑雨》、《約翰萬次郎漂流記》、《今日停診》、《遙拜隊長》這四部小說最具代表性。從文學風格來看，井伏鱒二被歸類為新興藝術派作家，其小說主要取材於現實社會底層人物的生活，突顯出日本昭和時期的文學特色，是時代精神的縮影，也納入日本庶民的心靈史。

井伏鱒二本名滿壽二，一八九八年二月十五日生於廣島縣深安郡一戶地主家庭，在家排行第三，經濟條件還算寬裕。他五歲的時候，父親井伏郁太死亡，母親和祖父對他頗為疼愛。一九一二年，他進入舊制縣立福山中學就讀，三年的住校生活，為他開啟了新的視界。這所學校庭院裡有一座池塘，池內飼養了兩隻山椒魚（鯢魚），這兩條奇特的魚，也就是他後來發表小說處女作《山椒魚》靈感的原型。在學期間，他的作文寫得頗佳，整體成績卻不理想，自從中學三年級開始，他立志要當畫家。因此剛畢業，他就到奈良和京都等地，一邊旅行一邊作畫長達三個月。在他下榻旅館期間，因偶然的機緣，得知老闆認識畫家橋本關雪，便委託旅館老闆代為送交其素描作品，希望拜橋本關雪為師，卻遭到這畫家拒絕，他只好回到故鄉。那時候，其兄井伏文吉在早稻田大學念書，經常在同人刊物上投稿，屢次勸他報考該大學文科，這成了他轉向文學寫作的開端。

一九一七年九月，井伏鱒二順利考入早稻田大學文科高等預科（即高等學院），兩年後轉為文科本科。一九二〇年學制改革，原本的文科改為文學系，同年進入新設立的法文科。儘管他選擇了文學之路，仍然有作畫的憧憬。與此同時，他在日本美術專門學校保留學籍，每周往返一次學習日本畫。他與法文科同學青木南八交情甚篤，經常相偕到當時著名作家岩野泡鳴和谷崎精二（谷崎潤一郎之弟）家裡訪問，加深文學生命的內涵。但是到了一九二一年，他與男性教授發生了語言衝突。事情起因是，其同性戀傾向的教授當面向他示好，他卻厲色拒絕對此毫無興趣云云，那位教授憤然向他摑了巴掌，這件事情讓他感到屈辱，因而休學回到故鄉。約莫半年後，井伏再度回到東京申請復學，但是該名教授強力反對，他只能無奈辦理退學。此時，不幸又接踵而至，好友青木南八自殺身亡了，給他帶來重大的精神打擊。

一九二三年八月，井伏鱒二在早大校友同人雜誌《世紀》上，發表大學時代的習作〈幽閉〉，不料，一名評論家在報紙副刊上，批評這部作品「了無新意」。當時，太宰治就讀青森中學一年級，讀到這部作品的時候，卻表示「激動得雀躍起來。……我為自己發現了這被埋沒的無名的作家高興不已。」翌年，井伏與《世紀》同人創辦文學刊物《陣痛時代》，這是一份左翼色彩濃厚的雜誌，但他自承不曾讀過卡爾・馬克思《資本論》。後來，他進入了聚芳閣工作。這家出版社主要出版幕府時代小說叢書，出於各種原因，他數度進出該出版社，最後還是辭職了。一九二五年前後，其寫作之路出現小小轉折，經由小說家田中貢太郎介紹，他師事於左藤春夫門下。到了一九二八年二月，他再次修改了《山椒魚》，發表於《三田文學》，得到當時知名作家水上瀧太郎的讚賞。一年後，他加入舟橋聖一、阿部知二、梶井基次郎、今日出海等人創辦的雜誌《文藝都市》，並發表了一些作品。從這時起，他作為新進作家受到文學界的矚目。

登上文壇後，他繼續發表作品。一九三八年，其《約翰萬次郎漂流記》作品獲得第六屆直木獎，獲邀成為《文學界》同仁。一九四一年十一月，他被日本陸軍徵兵入伍，在日軍占領的新加坡擔任日文報紙《昭南時報》編輯，翌年退伍回國。他說，這段特殊的戰地經驗給予其作品很大的影響。一九四四年七月，美國已開始轟炸日本本土，為了躲避戰火，他疏散到山梨縣甲府市岩月氏家裡。奇妙的是，儘管空襲的喧囂揮之不去，這裡仍然有著文學之緣。因為岩月家是雙英書房創辦者，岩月英男又是其門生，彼時正在編輯出版太宰治的相關作品。一九四五年七月五日，他避居之地受創嚴重，再次被迫搬到故鄉廣島縣福山在，而這歷劫性的遷徙卻為他日後寫作長篇小說《黑雨》的契機，於二戰後用含蓄的筆調，描繪美國軍機於廣島投下原子彈，這座城市剎那間化為人間煉獄的慘狀，日本當局的欺瞞和軍人的蠻橫行徑。

正如前述，井伏鱒二的文學世界，總是與戰爭和平民的苦難經驗相繫著，並以反諷的手法批判天皇制度及其思想。我們在〈遙拜隊長〉這部小說中，尤能看見這個荒謬人性的畫面，一個普通人經由思想改造後，就足以成為戰爭機器的組件，忠誠地為這部殺人機器鞠躬盡瘁，直到死亡的終點。概括地說，在日本文壇上，不乏反省和批判日本軍國主義的文章或小說，只是在文學表述上各有不同。在〈遙拜隊長〉中，他放棄了早期左翼小說慣用的尖銳筆調，以怪誕的卻又日常的故事情節，表達自己的反戰立場。該小說主角岡崎悠一是個悲劇性的人物，二戰期間在馬來亞戰線擔任陸軍中尉，對待部屬極為嚴苛，不停向士兵灌輸為國犧牲的思想。在某次出任務途中，路況不佳導致車輛翻覆，摔斷了一條腿。退伍以後，他回到家鄉，卻患了瘋病，讓其母親非常苦惱。更糟糕的是，他一看見外地的男子來到村子裡，旋即訓斥命令對方：「正步……走！」、「衝鋒！臥倒！」、「混帳東西，前方有敵人，快臥倒！」、「要是有人逃跑，我就把你們宰了！」毋庸置疑，岡崎前中尉發出這樣的語言暴力，只會引致更大的衝突，最終雙方大打出手，嚇得村民們介入調解。

如果說，這位舊日本軍官岡崎悠一的反常行為，旨在突顯肢體的暴力性，那麼他之所以被取名為「遙拜隊長」，就更能說明危險思想的問題所在了。在戰爭期間，岡崎小隊長有個怪癖，即使夜間設營，第二天一大早，只要傳來有利的戰況，哪怕土溝裡盡是髒水，他也要沐浴一番，然後朝向東方（日本皇宮）遙拜。即便在運輸艦上，他只要聽到收音機播送什麼好消息，就命令部下在甲板上列隊，向神聖的東方遙拜，三呼萬歲，以此提振士氣。而當我們認識岡崎這段疾病前史，就更能把握其母親為他買來香菸，他說這是天皇恩賜的香菸，以感恩戴德的姿勢，面向東方致以遙拜之禮的精神起源了。

儘管隨著時間推移，類似遙拜隊長的悲劇性的故事並未因此絕跡，而是以更轟動社會的衝擊性畫面，闖入了日本民眾的公共視野。一九四四年十二月，美國日本正式開戰，時年二十二歲的陸軍少尉小野田寬郎，被派往菲律賓盧班島參與作戰，卻不知戰爭已經結束，就此深入叢林生活了三十年之久。一九七〇年代中期，日本開始與菲律賓修補外交關係，委託菲方派出飛機朝盧班島的叢林上空投擲傳單，呼籲小野田盡快出來，甚至委請其胞妹親情喊話，但是出身情報系統「中野學校」訓練的小野田不為所動，直到一九七四年三月，直屬長官親赴現場，發布解除作戰命令，已屆五十一歲的小野田才走出了叢林，為最後一名受困於戰爭狀態的日本軍官劃下休止符。就此層面來看，岡崎小隊長面向東方的遙拜之姿，與小野田少尉自困於叢林三十年的忠誠壯舉，似乎皆在證明效忠國家的思想是多麼綿延流長和牢不可破。

所以，經歷戰爭苦難與洗禮的井伏鱒二，自然有其深切的文學表現。而其長篇小說《黑雨》，正是對於廣島遭受美國原子彈攻擊的慘狀的具體紀錄，對於廣島淪為美日戰爭下的祭品，所做出清醒而溫厚的批判。就此而言，井伏比沒有戰爭體經驗的作家認清戰爭風雨的顏色，無論是黑色的或者致命性的熾烈白光，他以小說文字和形式保存下來，作為時代的見證。在此，我們不得不感佩小說的力量，畢竟它的滲透力既深且遠。當我們因展讀獲得這些靈感，是否應該提振精神來關注臺籍日本兵的問題，除了歷史研究之外，小說這個大眾媒介的載體，同樣能夠發揮積極作用，吸引或帶領讀者認識歷史中的風雨。在承平的時代生活太久，也許我們需要來點風雨明目醒腦，但又希望不遭到誤解這是自虐的行為。

林房雄的明與暗

在臺灣，廢除出版法以後，出版書籍變得自由寬廣了，思想言論不再受到壓制和審查。就此意義而言，著書立說這種抽象思想行為，終於變成實質的力量，掙脫了極權之手的控制，朝自由的方向發展，的確是令人可喜的事情。然而，檢閱言論的幽靈雖然已退出歷史舞台，現今以反日為基調的讀書評論仍然存在時刻反撲的氛圍，也就是將日本右翼思想家的著作譯本，視為洪水野獸和極度危險。而林房雄《大東亞戰爭肯定論》這本奇書，意外掀起了反日詰問的波瀾。

首先，我們不得不追問：林房雄是誰？

不久前，我的文友傳來一則訊息說，林房雄《大東亞戰爭肯定論》中譯本已出版上市，他表示，出於好奇他很想閱讀其書，了解這個被貼上日本右翼人士的標籤，其思想到底有何危險，否則此書訊預告階段，旋即遭到了反對派的冷嘲熱諷。奇詭的是，這種微妙的逆反心理，反而促成讀者更想一窺全貌的動力。或者說，他不希望戴上預設立場的眼鏡，相信自己的讀後感。

果不其然，我連結到其書訊瀏覽，這本書被左統主義者打成了日本右翼史觀，它就是極度美化「日本軍國主義」思想。這再次讓我見識到，以強烈政治意識形態壓倒歷史研究的威力。有論者甚至援引某政治學教授的見解——《日本政治史》一書，以此加深和批判林房雄的軍國主義思想，可謂是用心良苦。事實上，就民族主義和認同的立場而言，我可以理解這種心情，過度依賴外來政權的思想，等同於自失立場，放棄歷史的主體性，自願成為政治思想的順民。然而，我不得不質疑，讀者沒有通讀此書之前，旋即義憤填膺追隨這一駁反論點，豈不是另類的危險：不回到當時的語境中，通過嚴謹的辯證，即予宣告判刑定讞嗎？在我看來，反對者對於林房雄思想及其書籍的批判，激進的民族主義壓過理性主義，而且似乎過度簡化這其中的複雜性了。殊不知，他們眼中的右派思想家，曾經是日本共產主義的信奉者，為日本的普羅大眾慷慨發聲，嚴厲批判過那個壓迫他們的政權，在精神思想上，應該與他們同個陣營。或許我們應當追問的是，林房雄為何從激進主義者轉向了保守主義者，由此獲得一種方法，來回答日本諸多「林房雄們」的作家的精神軌跡。

在此，我們也許有必要回顧林房雄的生涯背景，以便做出較於合乎理性的判斷。

林房雄，本名後藤壽夫，父親開設雜貨店，卻因酗酒成癮，導致家道中落，母親為了維持生計，在紡織工廠當女工。一九一六年，他入舊制大分中學，到銀行家小野家裡當家教，住宿三餐都在那裡，體現出勤工儉學的精神。一九一九年，他獲得小野家的經濟援助，進入第五高等學校就讀。

一九二三年，林房雄入東京帝國大學法科，但之後中途退學了。在校時期，他加入新人會，與中野重治、鹿地亘、江馬修、等成立社會主義研究所，並任《馬克思主義》雜誌編輯。後來，日本無產階級藝術聯盟鬧分裂，他與青野季吉、藏惟原人等，成立勞農藝術家聯盟。一九二六年，他因捲入「京都學連事件」（京都帝國大學和同志社大學研究馬克思的社團），違反了治安維持法，遭到檢舉起訴，拘禁十個月。同年，他在《文藝戰線》上，發表短篇小說〈蘋果〉和評論〈散兵線〉等。一九二九年被選為日本無產階級作家同盟中央委員。翌年，他再次遭到了逮捕。理由是，有人檢舉他向日本共產黨提供活動資金，而被起訴判刑，關押豐多摩監獄。到了一九三二年，林房雄聲明「轉向」出獄之後，在《中央公論》連載表現民族主義傾向的歷史小說《青年》，還發表了〈為了文學〉、〈身為作家〉等評論，強調文學和作家的自主性，反映出轉向的決心。

也許可以說，林房雄對於文學有著堅定的信念，他於一九三三年與小林秀雄、武田麟太郎、川端康成、深田久彌、廣津和郎、宇野浩二等作家，創辦了《文學界》雜誌，積極投入文學創作，這份刊物一直持續到一九四四年。接著，他於一九三五年發表長篇小說《壯年》，並出版《浪漫主義者雜記》，正式表明脫離馬克思主義。其後，搬往神奈川縣鎌倉町淨明寺，他邀請川端康成比鄰而居，同年十二月，川端康成一家搬遷至此。一九三六年，他發表文章，宣稱不再做為無產階級作家。一九三七年，他與山本學、中河與一、佐藤春夫等作家，成立「新日本文化會」。這年，爆發了日中戰爭（九一八事變），他亦是隨軍作家之一，其他作家包括：吉川英治、尾崎士郎、岸田國士、石川達三等。一九四〇年，他成為以影山正治為首的傳統右翼團體「大東塾」成員。

進入一九四一年，他發表了〈關於轉向〉等文章，擁護天皇制度，明確表示自己的政治立場。一九四七年，他在「小說時評」上，將坂口安吾、太宰治等思想虛無頹廢的作家，取名為「新戲作派=無賴派」，這個名詞因此固定下來。只是，到了一九四八年，以美國佔領軍為首的日本政府，追究其戰爭責任，禁止他不得寫作。確切地說，林房雄和思想評論家吉本隆明一樣，同屬於改變思想立場的「轉向者」，時至今日，許多活躍於日本思想界和文壇作家，都經歷過艱難「轉向」的抉擇。不過，一九五二年，他遭逢了重大變故，其妻子於家中自殺身亡。他表示，撰寫《兒子的青春》、《妻子的青春》的動機，在於描寫渴望獲得圓滿的家庭關係，祈願罹患精神疾病的妻子得以恢復正常。

二戰後某個時期，林房雄以白井明的筆名，寫了不少中間小說（介於純文學與大眾文學之間的小說），被搬上舞台獲致成功，成為當時走紅的流行作家。一九五三年，他發表〈文學的回想〉一文，藉此勾勒他的文學歷程。然而，要說林房雄的右翼思想達到頂峰，就屬其代表作《大東亞戰爭肯定論》了。成書之前，他於一九六三年九月號《中央公論》上，開始連載《大東亞戰爭肯定論》文章，卻引來了與批評者之間的筆戰風波。同年，在其爭議性強烈的文章刊出後，三島由紀夫出版《作家論》一書，書中有專文〈林房雄論〉，批評林房雄的文藝史觀。當然，在行文敘述中，仍然感受得到三島善意多於負評的理解。

例如，三島由紀夫於文中第四節說：「或許林房雄被『政治』矇騙了。但是，我向來不相信，身為一名作家，無論幸運與否降臨其身，遇到任何危險事態，遭受什麼折難，都不可能遮蔽他清醒的心智。進一步說，對於日本歷史中的知識人而言，思想「轉向」不啻於重大事件。只是，林氏發表的〈獄中記〉，其文筆之美，卻與知識人的精神歷程似乎毫無關聯。」從這意義來說，他於高舉普羅文學的初期作品，就有如此筆觸和美學意識。接著，三島於文末又提及：「……一九二九年，紐約華爾街股價暴跌，造成了世界金融大恐慌，那個時代恰巧證明蘇維埃共黨政權的輝煌的正當性，同時也是宣告革命的浪漫主義終結的時代。而林氏的初期作品，即與這精神氣質相近，政治思想浸透到藝術的深層裡。我興趣盎然的是，當時林氏的自覺到何種程度，也就是在其自身的思想中，他是否仔細辨識出本質性的和非政治性的因素了。只不過，他甚至隻句不提，遠大夢想的幻滅，對於左翼運動家來說，到底是喜劇，抑或文學家的悲劇？也許，他將詩歌般的革命和虛無主義，當成漂浮的夢想，視為這與『民族的理想』相通，但我看來，他已經喪失與現實的機會了。可是，他卻藉由歷史小說《青年》維繫住態度鮮明的非歷史性的現代性。」

上述文章是林房雄的文友三島由紀夫寫就的，可以視同對於林房雄這個爭議性作家的概括評析。至於，林房雄本人如何定位《大東亞戰爭肯定論》一書呢？他於該書前言提及寫作此書的動機：「現在，我不是左派也不是右派。這本書並非意識型態的宣揚，而是我個人的思想歷程。我的目的很簡單，我只是想把被遮蔽的日本歷史的原貌呈現出來。」話說回來，這似乎可以解讀為林房雄的歷史觀，無論我們堅然拒絕或者接受，不同意把「大東亞戰爭」的說法，必須以「太平洋戰爭」的名稱以正視聽，用「否定」推翻他對於日本發動戰爭的「肯定論」和正當性，應當在閱畢全譯本之後，做出評價來得妥當。順便一提，一九七〇年十一月二十五日，三島由紀夫《天人五衰》小說終章完稿，交由新潮社。下午，率領數名追隨者至東京市谷自衛隊總部，在司令台上發表演說，佔據總監室切腹自殺。翌日，在自宅舉行密葬儀式，享年四十五歲。一九七五年十月九日，林房雄死於胃癌，享年七十二歲，葬於鎌倉報國寺。

作為方法的坂口安吾

坂口安吾一九〇六年生於新潟縣新潟市，東洋大學印度哲學科畢業，其後自學過拉丁語和法語。他的文學領域體裁很廣，不僅止於純文學，卓然的筆觸延伸至歷史小說和推理小說、隨筆、文藝評論、古代歷史和時代風俗的考證，創作力非常活躍。在二次大戰前，坂口安吾即以《風博士》這部傑作受到日本文壇的矚目，儘管二戰以後，他因對於日本社會的混亂狀態感到失望，精神上陷入了孤立無援的境地，但並未失去抵抗的意志。這個時期，他發表了文化評論〈墮落論〉、〈續墮落論〉、〈論戲作者文學〉和小說〈白痴〉之後，聲名遠揚成為時代的寵兒。在文學創作之外，他與太宰治、織田作之助、石川淳等作家，透過作品的實踐所形成的「無賴派」文學風潮，給予當時的文壇很大震撼。細究起來，他的作品具有法國超現實主義般的批判精神，在某種程度上，體現著尼采的召喚……重估一切價值。確切地說，他以肉身的墮落和頹廢為武器，對置身於日本世俗的生存姿態展開深切的內省。

他的父親坂口仁一郎是著名的漢詩人，出版過漢詩集《北越詩話》，曾擔任《新潟新聞社》社長一職，而且是極力擁護大隈重信的憲政黨黨員，出任過眾議院議員。據資料顯示，原本坂口家的先祖留下很多遺產……宅第面積共計五百二十坪，宅內植有蓊鬱的松樹林，在距離主屋旁邊建有一座占地九十坪的寺院，穿越後院的松樹林就是寬廣的砂灘，從那裡可以眺望日本海的景致。進言之，坂口安吾出生在這海濱之地，在他後來的文學創作中都發揮著重要作用，並成為寫作回憶的題材。正如前述，坂口家是大地主，由於先祖從事投機生意失敗，賠掉了許多財產，父親仁一郎又非常熱衷政治活動，到了安吾出生之後，坂口家僅存的財產幾乎已經傾盡了。另外，坂口家裡孩子又多，仁一郎採取放任主義，不怎麼管束孩子。但不可否認的是，出於家庭環境和遺傳的緣故，他激揚的政治詩人氣質還是影響著坂口安吾的文學性格。

一九一九年，坂口安吾進入新潟中學就讀，卻很少去上課，熱衷於柔道和田徑，以致於遭到校方的開除，爾後轉學到東京的私立豐山中學。在那時候，他受同學的影響，開始對文學和佛教思想產生興趣，勤奮閱讀谷崎潤一郎、芥川龍之介、佐藤春夫、正宗白鳥、巴爾扎克、莫里哀、博馬舍、波特萊爾、契訶夫等人的作品；在俳詩方面，他很欣賞石川啄木和北原白秋的俳句，自己也習作短歌。一九二三年，關東大地震以後，他六十四歲的父親因胃癌逝世，他只好輾轉搬往各地生活，加上要償還父親生前欠下大筆債務（十萬日圓），翌年三月，他得到小學代課老師的資格，擔任五年級的導師，每月薪水四十五圓，寄居在分校教務主任的家裡。從這時候起，他撰寫的短歌取名為「安吾」，頗有肉身與心靈獲得開悟和安居的意味。一九二六年，他辭去了代課老師一職，是年四月，考上了東洋大學印度哲學科，他和同學們經常舉行讀書研討會，閱讀梵文原文典籍，深受龍樹思想的影響，在社團刊物《涅槃》發表過〈意識與時間的關係〉的文章。不過，這期間他卻遇上交通事故，導致了後遺症，受到頭痛和被害妄想的侵擾。更糟糕是，他還過著嚴格的禁慾生活，一天只睡四個小時（夜晚十點至凌晨二點），起床之後，努力閱讀哲學和佛教書籍，這樣堅持了一年半，結果患了神經衰弱症。

深受神經衰弱之苦的坂口安吾，於一九二七年又遭逢了另一個打擊……芥川龍之介自殺身亡了。顯然的是，這個噩耗更加劇了安吾的病情，他變得精神錯亂，預感自己可能發狂自殺，創作的意念衰退，陷入了孤絕的苦惱中。坂口安吾對死亡的恐懼和不安，未必歸結為是大正初期社會特有的流行病症，但來自同為作家的自死，的確帶給了同病相憐者的心理陰影。換句話說，那一種時代的巨大變動，很輕易地就能壓倒敏銳和纖細的心靈，而且並不是所有的人都能承受這種壓力。順便一提，一九二九（昭和四）年，正值左翼文學和普羅文學蓬勃發展的時期，它影響著許多作家的文學走向。可是，坂口安吾叛對那些激進的文學主張毫無興趣，而是沉浸在宇野浩二、葛西善藏和有島武郎的作品，因由這閱讀的激勵敦促，他堅定成為小說家的志向。在這期間，他投稿了第二屆和第三屆《改造》文學獎徵文，結果都落選以終。

坂口安吾一九三〇年三月從東洋大學畢業，很想到法國留學正式學習二十世紀法國文學，他的母親有意資助他完成夢想，但安吾自述道，那時候他卻心理動搖，很害怕在留學期間自殺以終，而打消了這個計畫。於是十月，他與法語同好創辦了《語言》雜誌，並在該刊物上發表翻譯作品。後來，他在第二期《語言》發表處女作小說，可謂初試啼聲。該雜誌停刊後，他又在《青馬》和《文藝春秋》雜誌發表諸多作品，得到了前輩作家島崎藤村和宇野浩二的讚賞，他更具小說家的自信，躍升為文壇的新銳作家。一九三二年三月，發行至第五期的《青馬》宣布停刊，他在終刊號上發表了〈FARCEに就て〉評論文章，在京都住了三個月，經由評論家河上徹太郎的介紹，結識了法語系畢業的小說家大岡昇平。是年夏天，他在酒吧裡認識了新進女作家矢田津世子，並與之交往戀愛，他也在這個機緣下，結識了詩人中原中也。

一九三三（昭和八）年三月，坂口安吾的文學際遇又出現新的局面，他和田村泰次郎、河田誠一、矢田津世子參與《櫻》的創刊，高舉「新文學」的旗幟，於五月起，連載戲劇「山麓」，但該刊第三期以後，遲遲未能出刊，他與矢田於六月份退出了同仁行列。十一月，他在《行動》雜誌上，發表了小說評論〈杜思妥也夫斯基與巴爾扎克〉。或許，自殺的陰影仍然對他窮追不捨……他的文友長島萃於翌年一月，數次尋短自殺未果，最後卻發狂以終。同月，詩人河田誠一又因急性肋膜炎死亡，他頓時失去了兩名朋友，原本已獲得平靜（安居）的生活，不安之手又把他丟入頹廢的泥流中。為此，他與酒吧女老闆同居，開始過著放蕩的生活。之後，他流浪到越前和北陸地區，用此自我沉淪的方式驅逐不安的世紀。

正如前述，坂口安吾不喜歡激進的左翼文學，曾經撰寫隨筆批判過德田秋聲的文學觀，也因為這個機緣，他與小說家尾崎士郎相識成為好友。他的作品《黑谷村》順利出版，還召開了新書發表會。一九三五年八月，他在《文藝春秋》發表〈就是想一逃了之〉的文章，其實正道出與太宰治等同時代作家的普遍想法。翌年三月，他原本想與正在旅館寫作的矢田津世子重逢，但是鬧得不歡而散，沒多久，就收到矢田的絕交信了。這個失戀的傷痛尚可克服，同月，朋友牧野信一的自殺消息，又是對他的沉重打擊。十一月開始，他著手準備把與矢田的交往為題材，撰寫長篇小說《暴風雪物語》，還將完稿部分寄給尾崎士郎過目。當然，在執筆期間，並非順暢無阻，有時仍會陷入虛無和絕望，他藉助於圍棋之樂紓解壓力。一九四二年三月，他在《現代文學》上發表評論〈日本文化之我見〉，是年六月，在《文藝》發表小說《真珠》，肯定日本軍攻擊珍珠港的英勇行為，藉此與自己的頹廢生活做對比，評論家平野謙肯定這部作品，認為這是太平洋戰爭以來，出自藝術家之手的最純粹的文學作品。

然而，當局卻以時局為由禁止《真珠》出版。到入一九四四年，他為了逃避兵役，在日本電影公司當雇員。二戰結束後的一九四七年，他與梶三千代結婚，結束了長期獨身的生活。二月，他的隨筆〈獻給〈神風〉特攻隊〉投稿《希望》雜誌，可是沒能通過GHQ（聯軍總司令部）的書報審查，全文遭到刪除，這篇隨筆成了未發表之作。儘管如此，他繼續在報紙和雜誌發表作品，例如表現凝視孤獨境況的〈在盛開的櫻花林下〉、自傳體小說〈陰暗的青春〉、〈金錢無情〉、〈教祖的文學〉〈解散列車〉等，獲得了很大的迴響。一九四八年十二月，他出版了首部長篇推理小說《不連續兇殺案》，成功地創造出巨勢博士這名偵探的典型……藉由兇嫌的心理推測其犯罪動機。這部名作於《日本的小說》（大地書房發行）雜誌連載期間（一九四七年八月至一九四八年八月），即受到讀者的青睞，此書初版至今仍然洛陽紙貴。或許正因為他創作量大增，使得他後來更依賴安非他命了，於一九四九年不得不住院治療。翌年五月，他靠流行作家的版稅收入已經用盡，但國稅局卻認為他刻意拖延交納稅金，因而扣押他的家產和藏書，包括要扣押他的稿費所得。他認為這是惡劣的稅法，必須全力抗爭，陸續在《新潮雜誌》發表文章反駁。

到了一九五五年，這是他生命的晚年。他陸續發表歷史小說〈狂人遺書〉，和推理小說〈能面的祕密〉。後來，他在《新潮》雜誌連載〈安吾日本風土〉，還前往富山縣、新潟縣和高知縣採訪，不料，是年二月十五日返回住家，因腦溢血突然發作死亡。這個始終過著「無可依賴」的生活，不時與不安和死亡拔河的作家，就此帶著人們對他的爭議走入了歷史。總括地說，如果我們想更了解坂口安吾及其時代的關係，而將他作為一種方法，應該是站得住腳的，因為文學研究從來不可排斥意外的發現，更不能貶抑任何富有挑戰的方法。

被遺忘的日本人

宮本常一

我在神保町尋書過程中，遇到罕見的好書，偶爾仍然會有所猶豫的。對一個書蟲而言，這樣說，似乎有點自相矛盾，不過當下的情況就是如此。這原因有二，其一、並非急需研讀的書籍（日本民俗學）；其二、當時購書太多，又得送書返回旅館，實在吃力因而作罷（我真想在東京有一輛哈雷機車可乘，這樣必然增加買書的次數）。宮本常一《忘れられた日本人》一書，即是被我留置的書籍之一。坦白說，我之前遇見該書兩次，卻沒有斷然買下，直到數年以前，我於新宿車站東口Book Off的書架上，第三次遇見了這本書，心想此次不可無情錯失，即使短期內沒有閱讀，也應該像招待朋友一樣，把它帶回家裡書庫。這次，我終於成功打消了心中這抹負疚感了。

我原本是這樣設想的，《忘れられた日本人》一書，已是代表性的民俗學著作，隨著宮本常一的腳步，進入幾近被日本人遺忘（消失）的山村部落做田野調查，在理解日本文化上，必然是有所裨益。此外，它又是極佳的教材：將它作為文大中日筆譯班人文社會課程的講義，也是很有意義。據我理解，習得翻譯的技藝固然重要，深入了解日本文化，同樣不可輕視，許多初學者識得表面文字，卻不解文化中的深意，無法譯出深刻的文字，很大原因在於不諳日語的紘外之音。說來真巧，我暗自評價這本書的時候，二〇一七年一月，中國（北京十月文藝）出版了中譯本，由譯寫雙才的鄭民欽譯出，原書名稍作改動，取其涵義改為《被遺忘的村落》。在以出版暢銷書為最高戰略的書市裡，能夠出版這種冷門書籍的中譯本，很有勇氣和膽識，想必漢語圈的書蟲們都予以祝福，並樂見它的讀者今後如潮水般湧動起來。

宮本常一（一九〇七－一九八一）有許多著作，《忘れられた日本人》是其中一部。我不是民俗學專家，在此，只能以推銷良書的角度，援引該領域專家的見解，以有限的篇幅稍作介紹。眾所周知，當我們談論日本民俗學發展史之時，就必然提起柳田國男（一八七五－一九六二）這位在該領域的創始者。這位在東京帝國大學學習農政學，後來成為農商務省的官員，一直在思考這樣的問題：「何謂日本人？」他為了解開這個謎題，不僅研讀了文獻史料，他甚至認為必須深入日本全國各地，了解或採集各地方的風土民情、民間傳說等等，透過沒有文字記載，只有口頭敘述的歷史文本，作為這門學問的基礎。確切而言，他的田野調查範圍很廣，不僅實地勘查一般農民的生活，對象包括落居深山的農民作息，以及那些被歧視的賤民，這些實質有效的生活樣本，正是柳田國男隨著調查的深切和細緻記錄而建構起的民俗學。進一步說，今天我們能較清楚地看見日本的常民文化的原型，柳田國男先驅性的奠基，的確發揮著長遠的影響。

據同為民俗學家的木村哲也指出，儘管柳田國男於晚年時期，對於他勘查的研究成果視為「例外」之舉，但不可否認的是，日本人自身對於「日本人像」的認識，對於以稻作為生的日本先民即「日本人原型」形象的確立，是透過他的論述和記述所形成的，這點應該並非誇大之詞。而作為柳田國男後輩的宮本常一又如何開展他的民俗學研究？儘管他受到柳田思想的啟發和影響，但並未受其記述的拘囿，而是以自己的方法，來建構獨自的風俗學。他以「深入和傾聽民間的聲音」為研究基礎，採訪各地的村落，與當地老人們秉燭夜談，甚至採訪到一名女乞丐、兩名算命師，傾聽他們的遊歷見聞。對他而言，這是千載難逢的機會，這種宮本式的田野調查方法，遠比官方的史料來得強而有力，而這樣的採訪記述，應該可為時代留下某些見證。換言之，這些生動的旅途見聞，後來成了《忘れられた日本人》一書的骨幹。

相較於柳田國男從共同體中考察「日本人原型」的歷史視點，宮本常一則從尋常百性的「日本人身上」，發現或重塑「日本人」的原始形象，這裡不存在孰優孰劣的問題，只反映方法論的不同。也就是說，他們同樣在探求日本人的理想原型，其間的差別在於歷時性的對象，即使取樣的時空不同，但細究之下，它們似乎包含著索緒爾語言學中的「能指」（signifier）與「所指」（signified）的涵義，即音響形象和語言的物質層面以及符號和意義的交融。然而，在時代的境遇上，宮本常一沒有柳田國男那樣幸運，這位民俗學家經歷著二戰期間，他居住在大阪府堺，受到了美軍的轟炸，他多年來調查的筆記相關資料和藏書，全在這戰火中付之一炬了。他從熊熊大火中，唯一搶救出來的一冊書，即是柳田國男的初期作品《遠野物語》。這部作品最能展現柳田國男的治學態度，這是他為了對抗官方的文獻史料，突顯出被隱藏於歷史背後的常民形象所做的記述。

就這意義上而言，宮本常一搶救柳田國男的著作，不僅烘托出他的救書義行，更突顯出他作為柳田國男精神的正統繼承者。他們探訪民間真切的聲音，同樣與官方史觀保持距離，向招安或收編之手敬謝不敏，獨立而清醒地從事田野調查，不在乎後世的評價，只求心安理得的通達，自由地走過寂靜的樹林、斜坡、危橋，走在逐漸被遺忘的村落，進行一場踏查的田野之旅。詩意地說，每到八月中秋時節，不管是否飄下短暫的雨絲，有情者從他們走過的印跡中，似乎都可看見淡然月光的輝映，至少可發現那些逐漸被遺忘了的田野風光。

太宰治的鄉音

多年以前，我讀過若干日本文學評論家龜井勝一郎的著述，對他的文學觀點了解有限，一直很想購得其代表作《日本人精神史》（六卷本），後來這個小小的夢想終於如願以償。不過我必須坦承，迄今為止，我尚未充分運用這套書籍。兩年前的冬季，我到北海道的函館旅遊，在市區走走逛逛，後來往山丘方向走去，卻意外地發現了龜井勝一郎的墓園，我在墓園前待了二十餘分鐘，並拍了幾張照片記念。如此說來，我與日本作家之墓真是緣份不淺。今天，我總覺得自己有點頹廢，渾身打不起勁來，有一種像日本無賴派作家的「無賴」（另種含義的無所依賴）之感。於是，我漫無目的往書堆裡翻動，順便查看這次攜回的書籍。在這批書籍當中，我重新發現高山秀三《蕩児の肖像：人間太宰治》這本厚書專著的時候，我的眼睛頓時熠熠生輝起來。我原先只是信手翻看，消磨時間的本意遠遠大於嚴肅的閱讀，可就是那麼巧合，我翻著翻著在這部評傳當中，竟然出現關於龜井勝一郎的論述，以及他對於太宰治其人其事的評價。

根據太宰治的傳記作家指出，太宰治於一九三六（昭和十一）年六月舉行《晚年》出版記念會，龜井勝一郎亦受邀參加此次盛會，他們就是在這場合上結識的。眾所周知，彼時太宰治過度依賴藥物的關係，這導致他的身體狀況衰弱，虛弱到他最後上台發言時，若沒有人在他身旁攙扶隨時都會倒下來。他們第一次見面是在一九三九（昭和十四）年九月，亦即太宰治從山梨縣甲府搬家到東京三鷹市。就龜井勝一郎印象所及，那時太宰治從新居徒步到他位於吉祥寺的住處大約十五分鐘，在他看來那時太宰治很有精神。太宰治擺脫病懨懨的糾纏，顯然得助於他與石原美知子結婚，而擺脫晦暗的生活，精神方面也安定下來。確切地說，在此之前，龜井與太宰之間並沒有深切的交誼，但某個時期，他們曾經是《日本浪漫派》的同仁，撇開這個因素不說，龜井本人很喜歡《晚年》這部作品。另外，還有一個原因，也就是相近的地緣關係。龜井勝一郎是函館人，太宰則是青森縣人，他們的故鄉僅隔著一道津輕海峽。他們在風土人情、食物和語言也有許多共同點。

一個耐人尋味的現象是，太宰治自從落居東京之後，終其一生在公開場合上，他都不說東北方言，但是在私底下，他卻渴望傾聽朋友操著的津輕口音，因為這鄉音讓他感到心裡踏實。在思想行動方面，龜井勝一郎比太宰治更投入左翼運動，發表更尖銳的文章，只不過，他們後來放下激進的路線轉向文學活動，或許正是這個共同的默契，他們交談的時候都沒有觸及這個話題。太宰治死後，龜井勝生郎寫過一篇文章〈無頼の祈り〉悼念這位無賴派作家。龜井回憶道，事實上，太宰治很風趣開朗，是個令人愉快的朋友。龜井進而自承，他原先傾心於武者小路實篤的處世風格，堅持奉行禁慾主義，滴酒不沾等等，可是太宰治卻教他飲酒的樂趣。據他的了解，表面上太宰不善於與陌生人打交道，初次見面的時候，的確有點害羞內向，一旦飲酒以後，卻彷若他人一樣，變得非常饒舌。

在龜井看來，太宰治是個率直之人，完全沒有頹廢的氣息或病態的神色。對太宰而言，他最嚮往的典型的友情，就是其筆下的《梅洛斯，奔跑吧！》主角了。就太宰治總是盡其所能地說笑逗弄大家的特點來說，他已在自己的小說中多次提及。在其長篇小說《喪失為人資格》（人間失格）中，他即透過大庭葉藏這個主角，回述著他於少年時期，下課回家以後，肚子並不覺得飢餓，家裡的女傭男僕卻央求他吃點什麼東西，而他為了討取大家的歡心，卻故意配合演出直嚷著，簡直快餓扁了⋯⋯。在短篇小說〈丑角之花〉中，同樣表現出生命中的滑稽身影，雖然是文學小說的體裁，卻頗富自傳性的色彩。正如前述，他在半醉之後，樂於為大家帶來歡笑，藉著酒意調侃前輩和朋友，也毫不隱諱自己的情感，在笑談中表露內在的苦衷。然而，高山秀三在《蕩児の肖像：人間太宰治》一書中指出，龜井所看到開朗形象的太宰治確有其事，那時正值這位無可依賴的作家，在精神和身體獲得安定的時期，在這種良好的狀態中，埋在太宰治的意識底層的獻身精神更容易被激發出來。因此，在敬慕白樺派主將武者小路實篤的龜井勝一郎看來，那種樣態自然是健康而洋溢著青春活力。

然而，就實際情況來說，太宰治與龜井勝一郎交誼的時期，在小說創作上，確實頗為豐收的。例如《正義與微笑》（一九四二年）、《津輕》（一九四四年）、《惜別》（一九四五年）、《潘多拉的盒子》（一九四五年）等等。相較於數次尋短未果的太宰治而言，龜井勝一郎自承，他從未想過自殺的問題。從這角度觀之，他愛讀太宰治的《晚年》，卻無法理解太宰治年輕時期的作品，像小說〈我很想尋死〉中的思想，他就是無法苟同和理解。但我們若換個角度，從太宰治的性格切入，也許可以找到些許線索。青年時期的太宰治正值於日本施行政治高壓體制的時代，他與同時代的熱血青年一樣，對於社會的普遍貧窮、以及因此發展起來的社會主義和共產主義者抱以深切的憧憬，進而參與非法的共產黨活動。然而，他的革命同志看出他性格軟弱，不敢把危險的任務託付予他，而這個不可言說的心理陰影，最終還是滲入了他的生命深處，形成了他在自嘲與自我救贖之間的繩索。相反的，龜井勝一郎給人溫和的感覺，內在意志卻堅定強韌。也許，正是這個特質，使得他們走向不同的文學道前，龜井勝一郎成為傑出的評論家，而情感纖細易變的、甚至帶點神經質的太宰治，在生前即享有文名，與情人投水自盡以後，其作品同樣引起持續的矚目。

太宰治不僅有許多忠實的粉絲，更有忠貞的追隨者……同為無賴派的作家田中英光（一九一三－一九四九）於一九四九年十一月三日傍晚，在三鷹市的禪林寺太宰治的墓前，先是吞了三百粒強效安眠藥和一千八百毫升的燒酒，用剃刀劃開自己的左手腕意圖自殺。彼時新潮社的編輯聞訊趕到，緊急將他送往上連雀的醫院搶救，但於晚間九時四十分身亡，享年三十六歲，可以說是英年早逝。總結地說，太宰治和田中英光這兩位無賴派的作家，活著的時候歷經諸多生命的困頓，離世時卻走得匆促，為後代的讀者留下了疑問，有關於掩飾鄉音的苦悶壓抑，有小說創作過程中的惶惑，這些難題都將隨著閱讀的進行得到呈現，也可能因於被日常生活的困乏壓垮而無疾而終。

文豪太宰治的台前幕後

仔細算來，我手頭上的《東京人》雜誌寥寥無幾，而且幾乎都偏向「東京神保町古書展」的專輯，它們是我在逛完書展現場，回程之前，在附近的三省堂書店或書泉購得的。不過，坦白說不知什麼原因，從那以後我卻很少再買這份雜誌了。事實上，這雜誌的內容極佳，編輯企劃很出色，我為什麼略過未購買呢？直到上個月中旬，我收到今年（二〇一八）七月號《東京人》，有了驚訝的發現和體會。

以我粗淺的看法，我認為在日本人在雜誌編輯方面，很有創意和巧思，即使相同的主題，以前已歷次登場，但是落在最新的期刊上，內容沒有重複，而且與時俱進，另立起嶄新的風格來。這種不斷推陳出新的做法，在某種層面上，亦反映著日本人的工匠精神，猶如大至鑄工繁複的日本刀，小至每日變換菜色以新鮮感的車站便當一樣。我不妨舉個實例來證明《東京人》雜誌的創意。在這期封面左上，出現這樣的文案：「（太宰治）逝世七十年了，我依然熱愛他的作品！」熟悉日本人情感表達的人知道，這一行文字很簡潔，不留痕跡似的，卻能打動日本讀者的心靈。南澤奈央是日本當紅的女演員，她在這期雜誌中撰寫了一篇隨筆，從女性角度解讀太宰治與女性的關係。不消說，她未必要談出什麼深奧的見解，但至少有強烈的話題性，可以帶動讀者的閱讀興趣。

當然，每個讀者的閱讀品味各異，閱讀的順序各有不同。於我而言，我較為關注太宰治的文學地位的變遷。我相信在命運的法則下，作家的成名歷程都顯現其獨特性，並與同時代作家和讀者的定位相關。例如，據松本和也教授在文中指出，現在，太宰治的小說風潮方興未艾，有著現代文豪的光環美名。尤其在二戰以後，太宰更躍升為暢銷書作家的名榜了，研究者和相關成果增多了起來。就此來說，「太宰治學」已然形成，並非誇大之詞。但有趣的是，無論對太宰治文學的評價，是出於文人相輕的習性，抑或嫉妒的火焰，透過太宰治的文學前輩們和同時代作家的看法，我們或多或少可以得到些平衡報導，畢竟人死了不能說話，但是作為歷史文本的文學作品，它卻能站出來做證。

眾所周知，太宰治經歷過二度爭取芥川獎的挫敗，寫信向其師佐藤春夫發出「泣訴狀」後，佐藤春夫也按捺不住，發表了〈芥川賞……憤怒こそ愛の極点〉（昭和十一年）文章，公開批評「太宰治過度沉迷藥物，令他厭惡至極……。」儘管如此，佐藤春夫依然讚嘆太宰治是個傑出的作家，他有著無與倫比的才華」，這篇人性溫厚的文章，後來改題為〈一個文學青年肖像〉，收錄入《我的小說技法》一書（一九五四年八月）。由此可以看出，太宰治是如何看重佐藤春夫的回應。二〇一六年左右，太宰治致佐藤春夫的四十封信簡問世了，這是佐藤春夫辭世兩年之後，太宰治之前在信中向其師表達的思想記錄。文學評論奧野健男《不安與恍惚——太宰治的昭和十一年》（一九六六年）一書，就是以此基礎寫成的。

太宰治出道以後，發表了許多作品，開始受到了文壇的矚目，以前那些頹廢荒唐的生活，不得不退出外在生活的舞台了。他的確也從無賴的深淵走向復活的大道，他以思春期女性的角度，運用獨白方式寫成的小說《女學生》（昭和十四年），恰巧佐證他面向光明的努力。川端康成在「文藝時評」中，對太宰治的作品多所肯定，「太宰治描寫女學生的青春，展現著直率抒情之美，是值得稱許的。」不止如此，同時期浪漫主義的領軍人物保田與重郎，肯定《女學生》是一部卓越之作：「我以前聽聞太宰諸多的負面評價，讀過這部作品以後，頓時全為之改觀了。或許，那真的是流言蜚語。」與太宰治同時代的青年，在〈太宰的文學〉中，更是直言表達對太宰的支持：「這世間事情紛擾不斷，但是我認為太宰治的文學風格，絲毫不做作……」。

研究者指出，於二戰時期結婚的太宰治，家庭生活及其精神狀態逐漸穩定下來，給世人開朗的美好印象。《富嶽百景》、《女學生》、《梅洛斯，奔跑吧！》（昭和十五年）等作品，即顯現出其明朗的特色。在此必須指出，相較於二戰末期，有些作家被送往戰場打仗，出入槍林彈雨之中，太宰治則逃過一劫，只是被迫疏散到鄉下躲避戰火，但話說回來，太宰治尚有安全的空間寫作小說，這是其他同時代的作家所沒有的幸運。與此同時，不管其作品成就如何，他都背負著身為文學作家的期許。以思想評論見長的評論家吉本隆明說，「在慘烈的戰爭時期，我希望所有的作家，不可辜負真誠的所見所聞。」太宰治發表小說《清貧譚》（昭和十六年）之時，文學評論家安岡章太郎閱看後大為感動，在〈我的新體制〉一文中提道，「從這部作品裡，我可以感受到作者與（戰爭）時代對抗的意志。」中國文學研究者竹內好，讀過《東京八景》（昭和十六年），於是對太宰治的作品為之著迷，他撰文〈太宰治二三事〉指出，「太宰治展現出一種藝術性的抵抗姿態。」

二戰結束以後，隨著志賀直哉和永井荷風等文壇大作家的復出，由織田作之助、坂口安吾、太宰治、石川淳、田中英光、伊藤整、檀一雄等「頹廢派（無賴派）」作家們，他們主張反俗、反戰爭、反道德、反權威、以肉身作盾的信念，仍然發揮著某種警醒作用。不過，在那時候，並非所有的作家都給予太宰治正面的評價，三島由紀夫就做出了相反的評語。當時，出版社的編輯設宴招待文學評論家龜井勝一郎和太宰治，他們自然也邀請了

（東京大學）學生作家三島由紀夫，英氣煥發的三島由紀夫赴會，與前輩作家太宰治見面以後，後來在其自傳《我青春漫遊的時代》中，這樣寫道：

「……在這之前，我在舊書店找過他的《虛構的惶惑》，讀過其三部曲和〈鄙俗的青年〉，但開始閱讀太宰治的作品，或許是我最糟糕的選擇。那些自我戲劇化的描寫，使我為之反感，以及作品中散發的文壇意識和負笈上京的鄉下青年的野心，在在令我無法接受。」

當然，三島由紀夫對於太宰治的批評，自然包括文人相輕的較勁意味，而對於這點，三島坦承基於自己的愛憎，他承認太宰治是個卓越的文學作家，但其性格特質，卻引起他生理性的反感。在三島看來，他厭惡太宰治那種刻意將其欲隱蔽的部份張揚出來的做法，亦即三島追求的隱微（esotericism）之光，太宰治卻將之顯白（exotericism）托出，這無疑是他們文學觀點的對峙。三島甚至公開表明，他周圍的青年極為崇拜太宰治，尤其《斜陽》發表以後，文壇和讀者的狂熱推崇，幾乎到了無可復加的地步，對此他深深不以為然。他甚至把它解釋為太宰治小說《斜陽》的成功，很大原因在於當時沒有電視觀賞和缺乏娛樂活動，因此文學性的事件都能引來新鮮的話題，也就是全託文明物質的缺位所賜，少了這些支撐，太宰治就無法如魚得水了。

而太宰治對於前輩和後輩作家對他的負評，並沒有吞下沉默而生，他最後終究做出了回應。在他臨死之前，其《如是我聞》（昭和二十三年）一書中，即毫不心慈手軟給予反擊，其中更直接點名有「日本小說之神」美譽的志賀直哉。之前，出身豪門的文壇大老志賀直哉，即在座談會「作家的態度」（一）中，批評過太宰治在故弄玄虛。他說，太宰治在《斜陽》中，開口閉口說著貴族女子的用語，但實際上，卻與現實生活中的貴族相去甚遠。關於這點，三島由紀夫與志賀的看法相同。直言之，小說家太宰治所形塑的舊華（貴）族的形象，與現實世界有所距離，無法給人真實而細緻的感受，頂多只是故作姿態而已。嚴格地說，在注重和諧的日本文化環境中，前輩作家對後輩作家的批判，不僅摻雜著個人因素，亦顯現出不同世代之間的暗自角力，誰有充足的底氣，誰就可以風光的勝出。

然而，儘管日本文壇吹來這些風風雨雨，太宰治最後同樣得到許多同世代作家的肯定，這從太宰治死後的追悼文中可見一斑。石川淳在「太宰治昇天」一文中，十分惋惜地說，「太宰治是個被善惡觀念附身的人，他是（日本）文壇不可替代的作家……」他進而用善緣的角度看待太宰治的自殺。在他的理解中，太宰治的自死是向善而生，一個孤獨的藝術家在貫徹最後的主張。」坂口安吾在「不良少年與基督教徒」的追悼文，用同情的理解來解釋太宰治的生命困境，他如何在自殺與活著之間擺盪。出版太宰治《喪失為人資格》（人間失格、昭和二十三年）的筑摩書房老闆在弔詞中，這樣寫道，「您不在人世，對日本文學是莫大的損失。追求人性尊嚴的人，必然承受孤獨和苦悶，雖然您自絕生命，但是您對於人生的誠實與純真，必將成為世人的指標。」

當我們回顧太宰治逝世七十周年，理解這位日本文豪於台前幕後的成名過程、思想底色以後，似乎仍然不得不面對這樣的提問：「作家為何而生，為何寫作？」而或許我們能做出剴切的回答之時，即意味著我們已克服和超越這問題的困難了。

愛國者的自白——三島由紀夫

如果我們對於宿命論不抱持偏見的話，那麼在某種意義上，我們似乎可以這樣說，自三島由紀夫登上日本文壇，逐漸地展露其文學的精神特質，他即理所必然地成為文學界的傳奇，注定成為不斷被言說和討論的對象。他為了保衛自己的思想，像蘇格拉底飲下毒酒一樣，不惜捨棄肉身都要躍上歷史文化的法庭上，就是要為失落的日本精神做出申辯，儘管最終以暴烈與自死作為終極的文本，以震撼支持者和反對者的神經。但就突顯歷史反思這一點來看，我們仍然不得不說，三島由紀夫在辭世前採取的思想策略是出色卓越的，否則在他死後將近半世紀的今天，我們絕不可能再回溯關注他的生與死。

質言之，我們不將他納入探究的視野中，就不須重返歷史的現場了；而不到現場蒐集跡證，豈不是與我們毫不相干？正因為三島由紀夫思想的複雜性，並非可以簡單概括，而要還原歷史的真相，就必須有更多關於他的評傳來佐證，奇妙的是，三島就是具有這種魔力，吸引歷史的追問者為他作傳。

進一步說，在這樣的歷史氛圍下，三島由紀夫死後的震波，使得日本出版界加快了「三島由紀夫傳」的出版，他們多半為三島由紀夫同時代的日本作家，生前即有交誼往來，有談及生活的細節，有對其性格的批評，資料可靠性極高，可將它們歸為作家情誼的回憶錄。就此而言，西方作家和記者們的焦點，自然有所不同了，他們更多指向三島這謎團般的人物，試圖徹底地解構三島的原像。

英國《泰晤士報》記者亨利・史考特・斯托克的《美與暴烈：三島由紀夫的生和死》一書，在諸多「三島由紀夫傳記」之中，有其不可忽視的代表性。他是該報長年駐日的特派員，而且他本人採訪過三島，深知三島的文學經歷，勇於評析三島的小說成就，甚至批判其皇國思想，而這恰好為我們提供別樣的視角，讓三島不為人知的精神側面浮現出來。

此外，傳主亨利・史考特・斯托克充分發揮著新聞記者的寫作策略：報導文學和小說筆法的融合。他在寫作的體裁上運用得宜，開篇以小說筆法展開，有著師法修昔底德明晰與翔實（clarity，elaboration）的筆法，文字流暢而生動。例如，當三島切腹自殺的消息傳開之時，他即趕赴事件現場，是五十餘名採訪記者中，唯一的外籍記者，僅就這個親歷現場即有足夠的說服力。接著，他細緻地描述三島闖入位於新宿區的市谷自衛隊總部，挾持總部司令益田兼利、登上司令台上，慷慨激昂地演講，最後絕命留言的過程，無不給讀者親臨地獄般的震撼。透過他寫實的文字，讀者不由得陷入錯覺，即使現今彷彿還可以聞到當年現場那可怖的血腥味。我始終認為，這無疑是成功的寫作策略，讀者一走進他敘述的世界裡，似乎再也無法抽身，只能追隨他的導引，觀看和還原三島由紀夫的生涯。

在亨利・史考特・斯托克追索三島由紀夫自死的過程中，並未因為激情而有所偏廢，也就是依附佔據上風的定論：日本（人）作家向來有著獨特的宗教觀、美學感受，以及別具一格的審美意識。在傳統論者看來，這些源於傳統的思想意識，以不可抵抗之勢，滲透入他們生命的深層面，以致他們有視死如歸的安然。亨利・史考特從三島由紀夫的口中，得到了另種的證詞，西方人總是忽視了日本文化的「陰暗面」，迴避那種尚武的野蠻和殘忍。而如此偏向的結果，則導向了歷史目光的自我遮蔽，自然無法正視日本人的本相了。

據亨利・史考特・斯托克說，這是他最後與三島由紀夫的對談中，三島向他所強調的精神文本。在他們交談中，三島十分稱許美國文化人類學家露易絲・潘乃德的觀點，其《菊花與劍》剖析的概念，具體揭示出隱藏在日本文化中「美與暴烈」的二元特質，如同三島由紀夫在《假面的告白》中所言：「但我的內心會時常走向死亡、黑暗、鮮血」。有趣的是，露易絲・潘乃德這本原先為美國佔領軍進駐日本後在日本制定政策所寫的文化論述，卻意外的深化和擴展日本作家（如三島由紀夫）的思想領域了。也許，這就是所謂歷史的機遇，有時候這種機遇，還真的是很難言語道斷的。

必須指出，亨利．史考特．斯托克詳細述及三島由紀夫的作品，在某種意義上，其實它可作為二戰後的日本文學通史。傳主以三島的小說為主軸，所延伸和涵蓋的範圍極廣，有同時代的記者和作家的往來，備受矚目的社會事件等等，這些都足以構成文學通史的文本了。只要讀者耐心閱看，在關注三島由紀夫的視野之外，必然的收穫。

這部中譯本傳記還有個特點，值得宣揚和讚許。在此書中，引述三島諸多的作品，全改為臺灣譯者的譯文。對我曾身為譯者而言，這具有不凡的意義，首先，這意味著出版社對於臺灣譯者的尊重，以臺灣本土的譯文自豪，帶著光明的自信；其次，這意味著執行編輯辛苦付出，完成這項重大的工程。責編必須極具耐性找出中譯本（有的譯本已絕版多年），逐一比對三島作品的引文，予之相符合，做到最精確的連結呼應。而這樣的編輯精神，無論從任何方面來看，絕不遜於日本的工匠精神，那種專注持久不厭其煩的精神底蘊。在此重申，既然《美與暴烈：三島由紀夫的生和死》一書，具有很高的可讀性，我們何不找來一讀呢？我們不妨借用日本出版界的廣告文案：炎炎夏日來臨，正是讀書消暑的好時光。

戰後作家的願望

有時我們不得不認為閱讀這種行為本身總是帶著意外的驚奇，當我們原本只是為了消磨時間，不具任何功利目的展開閱讀，讀到中途卻出現峰迴路轉，再經此指引，進而回到歷史話語的現場，閱讀的身分亦受到改變，從讀者的身分成為歷史的探勘者，而愈往下挖就愈覺得興趣盎然。我在《昭和大雜誌：戰後篇》中，讀到了這段泛黃的記錄。其中，這冊雜誌收錄了日本文人作家的問卷調查，歷史指向二次大戰後的一九四七年。那時日本知識人的言論尺度，必須通過由美國占領軍主導下的書報審查制度，許多不利於統治當局和衝撞社會體制的言論，有違反善良風俗的文字，自然要遭到刪除而無法面向讀者。所以從這角度來看，這些尤其在因戰敗陰影尚未遠去之時，他們對於該時代的感言或者展望，就更值得成為有用的文本，它不僅我們開啟了問題意識，還促成我們探討那個時代的精神面貌。何謂時代精神的路標？何謂愛國主義的先聲？何謂向絕望的拯救？

依照來稿順序，民俗學家柳田國男率先提出其挽救社會的方法，他說「政府應當以積極重建社會為優先，讓較未受到戰火波及的地區恢復正常運作，盡量雇請三十歲左右的壯年工作，給予他們具體的勞動目標……」。以中篇小說《蒼氓》獲得芥川獎的作家石川達三，則著重於愛國心的重新喚醒，他憂心忡忡表示，「自從（日本）戰敗以後，愛國精神已蕩然無存了，這種情形若不改變，日本自身將淪為殖民地。我所說的愛國心，是指熱愛自己的國家，而非只為固守國家而已，更不是仇視外國，而是以建設國家為榮。因為在我看來，日本若不重振起來，或許昭和二十二（一九四七）年，真的要成為亡國之年。我為此憂心不已。」然而，在東京大學擔任法文系副教授的渡邊一夫原本為左派學者和反對天皇制度，小說家大江健三郎即是其門生，他藉由這個機會向日本天皇和疲憊的社會投以諷喻的措辭。他說，「我期盼那些惡意弄髒環境的紳士和淑女愈來愈少；我不知道戰爭期間天皇的想法，衷心期待日本就像天皇在廣播（玉音放送）中一樣，變成一個愛好和平富有人性的國家；遇到寒冷時節，有燃料取暖；不要經常跳電停電……。」這番話聽在愛國主義者耳裡，想必很不是滋味。

在日朝鮮作家張赫宙提出了兩個願望。首先，他期許文壇要有新的作為，基於文學創作理念的振興，他認為意識僵固的寫實主義小說毫無創新，日本作家應當創作出符合日本戰後新生的作品，他並期待超現實主義和浪漫主義的思潮為這沉悶的文壇帶來新氣象。

其次，他希望通貨膨脹的問題盡快獲得解決，罷工風波平息下來，社會早日恢復穩定。畫家津田青楓直抒胸臆，說出他懇切的希冀，他說，「政府能夠配給白米二合五勺，這樣一來，他就不必辛苦採購食物，使搭乘火車成為樂事，自由地前往東京。此外，我祈望不再有罷工事件，亦可理解勞工團結尋求生活安定的想法，但這社會還有許多不得溫飽的人。勞工朋友們，你們就克制忍耐一些吧。日本國民應當團結起來共同克服這些困難。

以青春小說《青色山脈》聞名的作家石坂洋次郎，對於這困頓的年代提出他的期盼。他說，「我希望今後日本的小說能夠走進外國讀者的視野裡，如同學習支那的新生活運動那樣，不能只依靠政治組織的革新，我們要從日常生活的習俗中，帶來強而有力的變革。」相較於上述的呼籲，京都大學英文系教授石田憲次的看法，則簡單扼要，提出兩點訴求。其一，盡快解除食糧危機。其二、與美國簽署和平條約。作家丹羽文雄則坦露小市民的心聲，他表示「希望搭乘火車不是受苦之事。日前，他搭乘火車從大垣到東京足足站了十個鐘頭，都沒能睡上一覺。他好不容物來到山陰地區放空腦袋，卻什麼事情也做不成。而無賴派健將太宰治的感言最短，短得令人驚愕，這似乎反映出其頹唐消極的性格。他說「無論做什麼事情，我都一事無成」。與太宰治齊名的作家織田作之助則關注在日本文學的議題上，他認為「自明治時代以來，在日本文學作品或論述，它們已然成為經典和權威，但這是否有助於日本文學的發展尚未可知，希望這些不可撼動的現象，於翌年都能得到明確的方向。我們身為作家的確應當勇於對它們提出質疑。進言之，我們更要努力創作出絲毫不受它們影響的鬼子般的作品來。」

閱讀上述文人作家等的祝願，以及理解他們對於日本一九四七年的展望之外，在這場經歷中我們作為他者似乎並沒有徒勞以終，或多或少得到某種歷史相似論的啟示，如此一來，我們就可以把這個啟示作為探究歷史的起點，從泛舊發霉的故紙堆中整裝出發。

電影導演作家的兩個身體

伊丹十三

在臺灣，有媒體製造假新聞操弄政治議題，進而侵擾社會秩序，在日本的影視世界裡，同樣不遑多讓。它們以正義為名，揭發名流祕辛，實則為了得利，電影導演作家伊丹十三向生而死的經歷，正好可以突顯這個問題。

以一九九二年伊丹十三（一九三三－一九九七，本名池內岳彥）的電影《反暴力的女律師》為例，這部電影上映後，獲得很大的回響，但也讓自己置身險境之中。一個暴徒宣稱，他對於伊丹導演的電影內容，極為反彈無法苟同，憤然進行了恐怖襲擊。在此攻擊中，伊丹十三的面部和頸部被凶殘地刺傷，牽動了社會的敏感神經。而伊丹十三遭到恐怖攻擊，並沒有屈服投降，他仍然貫徹理想，全力投入電影創作。

眾所周知，伊丹十三在五十一歲的時候，以電影《葬禮》登上了電影界的高峰。其後，拍製商業電影《反暴力的女律師》、《大病患》、《女強人》、《女稅務員》獲得成功，成為賣座奇佳的電影導演。不過，到了一九九七年，卻傳出伊丹十三的死訊，不得不令人臆測死因為何。這起事件的經過是，這年十二月二十日，伊丹被發現陳屍在緊鄰停車場的住辦兩用的公寓裡，翌日，在辦公室發現數封打字的遺書，內容這樣寫著：「我以身（死）證明自己的清白。因為我實在找不到方法證明。」由於警方認為現場沒有打鬥痕跡，因而判定為自殺結案。翌日《FLASH》周刊，以聳動標題說，記者目擊到「伊丹十三導演疑似與二十六歲女子召妓約會的畫面」，在雜誌頁內附有兩枚兩名年輕女進入伊丹公寓的相片。實際上，針對這個緋聞指控，伊丹十三曾於生前表明，這部電影需要拍攝公司女職員工作的鏡頭，所以他僅採訪面談而已。只是，警方卻以此憑據，判定伊丹十三的死因是，抗議媒體不實指控而自殺身亡。

然而，與伊丹十三交誼甚深的電影導演大島渚卻強烈反駁，他認為這起事情有諸多疑點。在他看來，依照伊丹十三的處事風格，他不可能因這起緋聞風波自殺，更不可能跳樓輕生終結生命。而且，伊丹寫得一手好字，即使留下遺書，也應該是手寫的，而不是打字稿。但不可否認的是，伊丹十三自殺的說法，在初期階段甚囂塵上，幾乎占了社會輿論的上風，直到NHK的追蹤報導播出後，他殺的說法，才逆勢浮升上來。在伊丹死後三個月，NHK播出特輯「伊丹十三導演所見的『日本醫療廢棄物黑幕及其最後三個月生涯』」，引起了日本民眾的驚愕。根據該節目調查指出：直到伊丹十三去世五日之前，他還在採訪追查醫療廢棄物的問題，訪問了相關業者，並深入揭發不肖業者利用閒置空地，非法進行掩埋醫療廢棄物的醜聞。有匿名人士證實，由於伊丹十三的探查揭發，阻止了這場即將發生的災難。這個說法的反面是，伊丹十三的正義糾察，恰如其時地阻擋非法醫療廢棄物對於衛生環境的危害，挽救了日本受傷的土地。但是這個做法，等於向非法者叫板，必然招致不可測量的殺機。有此事例可尋，他殺之說愈有理據：「因為伊丹十三擋人財路，碰觸到這禁忌的紅線，而被離奇地抹消了。遺憾的是，也許伊丹十三並不知道，他所揭發的非法傾倒醫療廢棄物問題，也發生在臺灣這片土地上。

了解伊丹十三電影作品特質的人都知道，在他的電影中，經常出現日本宗教團體與黑道勢力掛鉤的情節。這已經不是簡單的影射，而是接近報導文學式的寫實呈現，一種詰問惡勢力的尖銳批判了。按日本人的思考邏輯，黑道流氓很快就會找上伊丹十三了。果不其然，經由法醫的相驗，他們從伊丹十三的遺體中發現，他死亡之前，於空腹的狀態下，卻飲了一瓶軒尼詩白蘭地。對試圖自殺尋短者而言，這個跡象是極不合理的。其後，終於有證人著書指出：「當日，有五名流氓闖入了伊丹十三的住處，強行逼他飲下白蘭地，在其昏睡狀態中，將人扛至頂樓處，往下推落致死的。」至於伊丹留下那封打字的遺書，到底是從何而來，是否作為另種求救的暗號？記者曾經詢問過其妻宮本信子，她沒有做出確切的答覆，但是憑她的直覺，那時夫婿很可能遭到暴力脅迫，一面看著與妻子的合影相片，一面打字留下遺書。但有一點可確定的是，伊丹生前雖然歷經暴力陰影的威脅，卻繼續以電影為職志，揭發埋伏於日常中的平庸之惡，不斷地向社會丟出問題，喚起大眾的問題意識。也就是說，當他推出電影《反暴力的女律師》，遭到暴力攻擊的同時，他似乎已有必死的覺悟，他的性命隨時戛然而止。

在此，我們將關注視角聚焦在伊丹十三的文集上，以及將其妹婿大江健三郎的長篇小說《愁容童子》與之疊合起來閱讀，似乎可以追索到更多與其死因相關的線索。在伊丹十三《日本閒話大全》的書中，劇本式的對話〈天皇之村〉和〈天皇的日常生活（豬熊兼繁先生講義錄）〉，很能說明他和大江批判日本天皇制度的立場，在〈天皇之村〉裡，伊丹運用諷喻的手法，藉由一個司儀的訪談，道出了來自京都八瀨的童子們，在大正天皇駕崩時為其扛運靈棺的感想。開篇之初，司儀即直言問道，他們那時扛棺已是壯年的人，為何被稱為「童子」，令人納悶不解。經由這個設問，讀者方知道這源自佛教語義的「童子」，還有奉侍天皇的意思。他引述八瀨童子會會長說，他們這些成年的童子，即使沒有任何官位頭銜，但是古時後醍醐天皇自隱岐返京前往比叡山之時，就是由京都八瀨的村民扛轎護送上山的，自此他們少數村民獲得特殊的榮譽，得以在天皇近側服侍，或擔任護送

（扛運）天皇聖體至墓陵安葬。

不僅如此，伊丹十三藉由對談的老人，挖苦似的說出奇怪現象。例如說，八瀨童子的左肩肌肉特別強健，右肩就承受不住重擔了。他甚至順風推牆說，扛棺者的左肩使用次數越多，它就越長出濃毛來，濃密到必須用剃刀刮除。在此愉快的對談中，司儀進而套取老人對於明治、大正、昭和三位天皇的評價。照理說，即便在私下的場合，日本人很少表達自己的價值判斷，尤其事關評價崇高地位的天皇，更就不易說出真心話了。然而，伊丹十三的筆法高明，他卻讓其中患有重聽的老人說，「自從日本打了敗仗，他們的生活一團糟，比起以前，他變得不那麼尊敬天皇了，甚至對於崇高的天皇表示厭惡之情了。」接著，老人還翻出舊帳說，「他們八瀨村民雖然獲得地租減免，金額其實是微不足道的，該會的會長見狀，只好趕緊打圓場說，明治時期以後，他們即誠實納稅了，但相對的，現今他們仍然收到天皇的贈賞。司儀探問會長收到了多少賞金，他答說「五千日圓」的時候，在場人士齊聲大笑了起來。

最尖銳的諷刺在於，莫過於伊丹藉由戴眼鏡老人的說法了。老人像揭祕者似的說，大正天皇的寢棺比什麼都沉重，而且不時散發著刺鼻的消毒藥味。司儀佯裝不解似的追問其中原故，老人說，天皇陛下必須土葬，陵墓準備需要時間，為了保持聖體不腐，寢棺內放了很多防腐藥水。在該對話最後，受訪老人不加掩飾地說，大正天皇下葬典禮那天，來了很多皇族親王。由於御陵位於樹林蓊鬱的多摩，蚊子特別的多，皇族們不便揮手拍打蚊子，只好忍受叮咬之苦了。讀到這裡，再遲鈍的讀者，都看得出伊丹十三對天皇發出的嘲笑音量了。正如上述，相較於大江健三郎揉合神話與寓言的《愁容童子》，以及描寫右派青年刺殺反天皇制之人的短篇小說〈十七歲〉和〈少年政治犯之死〉，他們似乎已預先與此命題相呼應了。在此，必須指出，從作品的影響力來看，伊丹十三的電影和文字，比大江健三郎的冗長說教來得簡潔有力。伊丹十三的藝術手法，直撲讀者的心靈深處，拋開華麗的修辭，不矯情洋灑哲理道德的亮片，以普羅的載體吸引觀眾前來，體現自己的思與言。我不禁這樣設想，如果上天能夠贈予作家兩個身體，那將是多麼美好的事情，因為一個身體因於說出真話遭到刺殺，至少還有一個身體，繼續傳達自己的思想，無論這樣的載體多麼薄弱，它總是一種賦予希望的載具，不在乎是大乘或小乘了。

日本國策電影的天空

對於關注國策電影作為文化社會史發展的觀察者而言，他們應當比一般觀眾敏銳，很容易即辨識出那個時代的精神面貌，或者說，依照國家於戰爭時期製作的電影，它的本質可謂具有多種超強的功能。顯而易見的是，他們以自身的政治意識形態需要，向本國的群眾展開思想滲透（洗腦），進而定義和裁決歷史的位相及其正當性。不過，我們同樣亦可質疑這種精巧偽裝的第八藝術，果真沒有期限終年？作為廣大的受眾，真的無力抵抗全盤接受？他們又如何看待這個特意製造的電影文本？

按照日本電影史的說法，國策電影最為蓬勃發展在於昭和戰爭時期，以《支那之夜》（一九四〇）、《夏威夷・馬來亞海戰》（一九四二）、《迎向天空的決戰》（一九四三）這三部上映電影為國策電影的代表作。在統治階層看來，那個時期正值大眾文化鼎盛之際，必須有效管控這些娛樂活動的潮流和收入，只是在做法上，既不能完全打壓，亦不可放任肆意奔流。國家相關部門藉由這個風潮出資和製作電影，用兩種身分進軍電影市場。事實上，攝製國策電影有幾個利點。首先，它能夠提高參戰的士氣，強化和宣導國家的政策；其次，又可加入商業活動。雖然它占盡主導思想傾向的優勢，但它仍然面臨藝術電影和娛樂電影的競爭，一九四三年上映的《姿三四郎》和《無法松的一生》兩部電影，經常被拿來與之相較。國策電影若很賣座自不待言，萬一票房極為慘淡，不但會引來社會議論，國家的威信亦可能喪失。為了防止這種事端發生，官方隨時都必須關注國家和思想言論的管控，細緻考察其中的因果關係，探討它的意義以及相應措施。換言之，上映電影的實際營收，關乎著當時的社會動向，而這些要素都是官方不可或缺的情報。

國策電影這個名詞最早出現在一九三八年夏天，由於它的定義不明確，而且有誇大之嫌，愛國主義者認為必須重新釋義。例如，有極端的說法是，二戰時期經由官方審查合格的電影全部稱為國策電影，不問它的內容和屬性，但就實際面而言，民間出資拍攝的電影是否列入國策電影的行列，是由當時的日本政府部門審查決定的。一九三七年四月，亦即爆發中日戰爭前夕，負責電影審查的內務省警保局，修正了電影審查規則，將作為教育用途和政令宣導的電影免除審查費用，後來擴大範圍，凡遵守這原則的電影作品皆為適用，包括故事片（內務省視為娛樂電影）和文化電影。日本政府祭出這些優惠措施，表面上不提國策電影，就其修改規則而言，其真正的目的非常明顯，旨在獎勵民間拍攝製作國策電影。問題是，在政治嗅覺機敏的電影公司看來，為了省下一筆審查費用來迎合政府的法令，很可能就被視為國策電影的同路人，這種代價和風險未免太大。

再舉具體的案例。官方視為免除審查費用對象的電影，必須具備幾種條件：拍攝技巧卓越，尤其應當提振和昂揚國體觀念（突顯日本天皇的主權），確立國民道德，正面認識國內外的政治情勢、軍事、產業、教育、防災、衛生等各種行政的宣傳，增進公共利益的電影，等等。正如上述，官方除了推動國策電影的製作、審查電影是否得以上映之外，對於電影票房收入同樣寄予高度關注。按照日本電影院的商業慣例，民間自行編輯和刊印《日本映畫（電影）年鑑》，其中有常設的欄位，詳實記載日本各地（東京、大阪、京都三大都市，後來某個時期又加入札幌、福岡、橫濱、名古屋等地方城市）主要電影院該年度的票房營收，包括該戲院負責人、可容納觀眾人數、票價，每週上映的電影片名，資料可謂極為齊備。作為主管機關的警保局再依照這些統計資料進行有效的管控。

在國策電影覆蓋的天空下，有兩部藝術電影贏得了大眾的共鳴。《土》這部寫實主義的電影傑作，改編自作家長塚節（一八七九－一九一五）的小說，由內田吐夢導演費時多年攝製的，這部作品深刻突顯出日本農村中佃農的命運，極為成功召喚觀眾重新關注佃農的生活。此外，《土與士兵》這部電影同樣有改編自原著小說的優勢。這部戰爭電影鉅片由田坂具隆導演，主要以火野葦平於一九三七年秋天登陸中國杭州作戰的經驗為基礎。該片上映以後，得到報紙和電影雜誌影評的肯定，但是因為受到免除審查費用，因而被視為「國策電影」。儘管如此，這部電作上映後，連五週票房奇佳，登上了一九三九年度日活（株式會社）電影的票房榜首。我們分析其賣座的情況可以發現，《土與士兵》票房衝高的原因，多半歸功於教育或相關團隊支持。以京都為例，來觀看這部電影都是傷殘的退伍軍人，在福岡方面，則是動員市內的男子中學前往觀賞，藉由觀看此部電影更加認識前線士兵的英勇。《土》同樣在東京上映之時，它們的票房亦依地區出現差異，以高學歷者居多的新宿，比庶民區的電影院票房來得亮眼，由此可明顯看出觀眾的品味和屬性。在京都也是如此。多數知識階層對於《土》的宏旨深有同感，積極宣傳這部電影，這股力量的催化下，接連十二天《土》的賣座一直穩定升高。

從總體上而言，在戰爭時期，日本（包括臺灣國民黨執政時期的反共愛國電影）國策電影的天空是很低的，低到鋪天蓋地而來，大眾幾乎伸手即可搆著。但反過來說，這正是日本政府部門刻意營造的戰時風景。在他們看來，尤以在戰事愈加吃緊，進入戰爭總動員的時空之下，大眾能夠觀看的世界應當受到限制，他們的視野必須被拉回愛國主義的立場，與他的國家同仇敵愾，否則連個人的娛樂享受和奢侈的想像，都將是不可掌控的危險。的確，任何一個統治政權向來都畏懼莫名的威脅，不管這種潛在的威脅很可能只是出於善良國民的感冒咳嗽，或者一場忍俊不住的笑聲。

極道之暢銷書

安部讓二

依照出版專家長期觀察，日本大眾讀者有個奇特的現象，對於報導黑道流氓的書籍尤感興趣，如果作者是出身黑道，抑或不折不扣的流氓，就更能吸引讀者們的青睞。這其中的原因在於，他們渴望探知這封閉的社會生態，以排解日常生活的困乏。不止如此，刺青和賭博相關的書籍，同樣受到讀者青睞。這類書籍甫一出版，雖說並非首刷必定售出十萬本，但是確實有穩定的銷量。安部讓二這位混過黑道幫派有傷害前科的作家，其多數作品後來走紅，的確為他帶來了可觀的版稅收入，而亦是曾經淪為黑道卻成功轉型的經典例證。

正如前述，出於大眾普遍好奇心理，他們都想窺探黑道幫派組織的實況，但卻囿於自己不可能深入險境——流氓的世界裡，這時候，若有黑道人士自願道出他們的黑幕祕密，自然像是天上掉下來的餡餅。此外，一般讀者對於刺青書籍，同樣展現出迷戀，彷彿刺青的每個過程都能牽動讀者的每根神經。或許，這就是他們心甘情願掏錢買書的誘因。如果說，普通讀者是這些黑暗奇書的基本盤，那麼黑道幫派人士本身同樣是不可小覷的讀者，他們也想閱讀同行的苦樂，藉此體會不同身體和不同的人生實況。

日本的JICC出版局於一九八九年推出了朝倉喬司等《流氓的人生　第一部》一書，立即引起了讀者的驚豔，紛紛湧入書店搶購。通常，出版社的做法是，有此成功的經驗，便以此基礎來推估第二部的銷售量，這種情形多半要高估出許多。只不過，書籍市場畢竟變化莫測，《流氓的人生　續集》出版以後，卻遇到了勁敵，其銷售量並未超過安部讓二《塀の中の懲りない面々》這部奇書，讀者閱看安部讓二這部作品之後，認為此作比《流氓的人生》來得有趣，由此品味開始轉向，逐漸成為安部讓二的鐵粉。明確地說，在這場作家同行的書籍拚鬥中，安部讓二先馳得點贏得了首戰。只是從日本的銷售經驗判斷，安部讓二不求新求變，持續這種寫書方式，就不可能長期保持領先地位，最多出版至五、六冊就到頂點了。縱使他是個快手作家每兩個月出版一冊，銷售熱線最多只有一年。換言之，對於競爭激烈的作家而言，無論他們是否意識到置身在險峻中，他必須有更長遠的寫作策略，否則很快就會退敗下來。我們或許不禁要問，安部讓二染黑之前，到底經歷過哪些坎坷？他必然有其特異之處，若沒有卡里斯瑪般的魅力，在黑道叢書的殊死拚鬥當中，他又如何站隱腳跟並享負名聲而不墜？

安部讓二出生於一九三七年，父親是日本郵船的職員，後來轉調到倫敦和羅馬，安部就是在那裡度過幼年生活的。數年以後，他跟隨父母親返回日本，就讀中學二年的時候，即展現出異色作家的稟賦。他寫了一部色情小說，將它投稿給江戶川亂步主編的雜誌，江戶川收到這部作品以後，大為驚訝並認為「這孩子有病！」，於是，他還叫這早熟的少年到寺院內抄寫經文悔過。十五歲那年，他又闖了大禍，犯下一起傷害罪，逃往了國外避風頭，順便到英國留學。但是沒多久，他又捲入了持刀鬥毆的風波，因而被送進英國的寄宿校舍。不過，他並未因此克制收斂，很快就遭到了退學，他只好改其志向想成為攝影家，便以攝影助理的身分前往了荷蘭。他經歷過短暫漂泊的海外生活，才返回日本就讀高中，但是自己把持不住，又加入了黑道幫派。一次，他前往討債的時候，與一名洋人爆發爭吵，遭到了對方開槍射傷。可謂鬧得沸沸揚揚。諸如他這樣的涉黑記錄，自然沒有學校敢於收留，他連續轉學了六所高中。

到了十九歲，安部讓二的情況並未轉好。某次，他幸運地躲過一名保鏢的追殺，情急之下，奪走了對方的手槍和車輛逃亡，犯下了搶奪罪，判刑兩年五個月緩刑五年，受到保護管束。二十歲的時候，他想成為一名拳擊手，或許命運的安排，他遇見了日本職業摔跤明星力道山，從此改變了他生命中的岔道。力道山勸解安部讓二：「你與廝混黑道幫派，不如來打摔跤的好。」那時候，正值世界職摔冠軍來到日本參賽，安部讓二就與會擔任陪同人員。在他二十一歲，又有突發異想，他憧憬日本航空的空服員。在此期間，他深切反省和自我惕厲，他打算金盆洗手以後，努力回歸正常的生活，每日凌晨三點半起床，到筑地漁市場打工，中午下班，立即到東京車站內的餐館見習，傍晚六點半至晚上九點，到新大久保念高中夜間補校。經過他刻苦的奮鬥，他終於從神田ＹＭＣＡ旅館學校畢業了，二十三歲那年，他夙願以償考上了日本航空公司，正式成為國內線和國際線的空服員。不料，他後來由於情緒失控毆打乘客被告傷害罪，這使其前科等黑資料被揭發了出來，於一九六五年一月自行辭職了。或許是安部讓二到此的人生波浪，實在太過起伏曲折了，小說家三島由紀夫就以安部讓二在日航公司時期的生活為模型，創作《複雜的他》這部作品，一九六六年改編成電影，由當時明星田宮二郎主演，創下了很高的票房。

在那之後，安部讓二的生活仍然精采多姿，他曾經投效過新宿的黑道幫派、擔任過拳擊比賽的解說員、經營爵士樂表演廳、賭馬分析員，甚至又重蹈覆轍，遭到了通緝，過著四處逃亡的生活。一九七五年，他因非法持有槍枝和違反毒品管制條例，在東京的府中監獄裡，服滿四年徒刑出獄。人到中年，畢竟不得不遇境逢生，他四十四歲的時候，立志成為一名作家，一九八三年起，開始以其特殊經歷為題材撰寫小說。然而，在日本社會裡，像他這樣背負犯罪前科的人，即使努力寫出作品，出版社多半仍有所顧忌。如他指出，雜誌雖然刊登他的短篇小說，出版社卻不敢為他出書，這種懷才不遇的苦悶，持續了很長的時間。直到文藝春秋的常務董事，獨排眾議向他施以援手，他才得以登上光榮的榜單。《塀の中の懲りない面々》這部作品甫一出版，即狂銷了一百零三萬冊，成為名符其實的百萬暢銷書。從這個角度來看，同樣是出身黑道的作家，同樣描寫黑道生態的書籍，作者的經歷和冒險史是否足夠豐富起著很大的作用。儘管有些書籍短時間內火紅暢銷，可是時間拉長，它就漸漸失去優勢，在新一輪的競爭中落敗下來，黑道之書的浮沉，同樣適用於這個法則。

在此，順便說明出版業不為人知的面向。日本和臺灣的出版社，在書籍配銷系統有所不同。正如上述，《流氓的人生　續集》上市之後，出版社並非就此風調雨順，還要處理各種突發狀況。例如，讀者群打電話詢問出版社，如何購買此書？這時出版社必須親切告知對方，可以到哪家書店，哪裡尚有現書存貨，等等。不過，僅止提供這些資訊，問題仍然不算解決，因為並非所有讀者都知道那家書店，出版社就必須為讀者提供詳細的地圖，好讓他們按圖依路尋書。對於出版社而言，這樣回應普通讀者的要求多半不成問題，可遇到黑道兄弟來電話買書，情況就大為不同了。曾經有幫派兄弟打電話到出版社說，他要買下○○本，「因為他們老大的照片刊登在那本書上……」，所以有編輯幽默自嘲，果真這樣的話，當初，他們就應當多放幾張角頭老大的照片；然後，將這些書籍銷售給極道的兄弟們，他們絕對是高獲利的基本盤。

刺青圖書有個特點，製工方面非常精美，而且印量不多，定價居高不下，出版社通常採以付款預購的方式。然而，出版社的內部因素很多，若能如期推出最好，延後出版是常有的事情。最令人出版社擔憂的是，新書上市當日，已付款預購的幫派小弟踩著興奮的步伐來書店取書，店員卻告訴他「書籍尚未出版」，這絕對是很難善了。在黑道的世界看來，小弟已付了訂金，並配合該書上市的日期而來，而且他已來到書店，店員卻說書籍尚在印製，這簡直是在耍弄他們！說白了，他專程跑來一趟，絕不能空手而歸！遇到這種危急的情勢，想必書店應該派出最厲害的公關經理來排解。另一種情況是，黑道弟兄在報紙上看見刺青書籍的新書廣告，當日就跑到書店購書，豈知店員說「非常抱歉，這本書尚未付印……」在此，我們似乎可以想像，那個追書甚急的道上兄弟，絕不可能接受這種說法。不給他們妥善的交代，大概很難善罷干休。直言之，出版黑道相關書籍牟利的出版社，似乎都應當料敵機先，預估可能的危險，至於文弱的編輯們該怎麼辦？他們在這種環境之下，參與文字面向的刀光劍影，即使平日不穿戴防彈衣，也應該到健身房鍛鍊身手。

正如日本演歌「柔」的歌詞——放輸即贏（以柔克剛）一樣，遇到極道的攻擊和非理性的索書行為，總要想出安然脫身的對策，哪怕多拐幾個彎道，只要能逃出生天，日後方有得救，繼續做出究極的書籍。

為了美好生活落淚

業田良家《自虐之詩》

我平常很少閱讀漫畫，但重要的漫畫仍然要買來一讀，否則很不甘心的。多年以前，一個日本朋友（資深漫畫迷）告知，《釣りバカ日誌》這部長篇漫畫作品，情節非常有趣，並有傳達魚類的專業知識，每冊藉由故事的發展，介紹一種魚體分類和釣法，像我這種迷戀魚類知識的人來說，想必是最佳的讀物。果然，他這席話發揮了魔力，我立刻付諸行動了，上網（日本的古本屋）訂購了五十六冊《釣りバカ日誌》。根據資料指出，這套系列本篇共有一百冊，特別篇十三冊。也就是說，我先買了半套，決定以後再購買補齊。愛書雖然到手，我總得想辦法把它們運回台北才行。當天，我的寄書運氣不好，偏巧下了毛毛細雨，試想而知，像這種壞天氣，實在不適合到郵局寄書，但是出於時間逼近，我無論如何都得把它們扛到郵局好生送行。後來，我憑著中年人的強烈自尊，總算完成了為漫畫書送行的壯舉。這是我生平第一次，在東京的郵局用特大號紙箱寄出的漫畫叢書。在此，我必須坦承，直到現在我尚未讀完這五十五冊，自然不夠資格為它們做什麼富有見地的介紹了，所以姑且先記下這段買書經歷，留待他日再說。

說來我那位日本朋友的記性真好，之前我好像對他說過，我對於日本的漫畫史很感興趣，將來想撰文試寫一下。一次，他來台北旅行，特地贈我兩冊漫畫《自虐之詩》。同樣那句話，我一定會喜歡這樣的漫畫。收到贈書，當日我旋即讀畢了，頗有暢快淋漓之感。其後，我又觀賞了電影版的《自虐之詩》，由阿部寬飾演主角，每次看到他（主角）氣得翻桌的情景，總令人捧腹大笑。不過，這些好笑的記憶被我淡忘了，這兩冊漫畫就擱在客廳的角落裡。今日，我在整理書堆的時候，不意間，發現了いしかわじゅん《漫画の時間》這部舊書，他也是一位漫畫家。我翻查了購書日期，它是我於二〇〇五年十月四日，在神田的舊書店購得的。該書內文收錄了《自虐之詩》的書評，這恰巧讓我有機會認識到，這漫畫的創作過程，以及它帶給讀者的影響。

根據《漫画の時間》的作者指出，業田良家的四格漫畫《自虐之詩》，長期以來在《寶石周刊》上連載，他每次閱讀這四格漫畫，總是為主角幸江和阿勇艱苦的人生感動到掉淚。在他看來，這對平凡夫妻每日與生活的磨難搏鬥的英姿，不時散發著人性的光輝，置身在苦難之中，仍然要觸摸生活的美好，就此而言這不由得令人肅然起敬。這些四格漫畫，後來結集出版了。但奇妙的是，此單行本甫出版上市，似乎很快就銷售一空了。那時候，到專業漫畫書店一看，尚能找到它的蹤影，過了一段時間，卻真的再也難覓其蹤了。作者石田說，他找遍了所有的舊書店，包括大小書店和便利商店等等，就是找不到《自虐之詩》的初級。按照常理判斷，這存在著一種奇特的現象。通常各周刊都有漫畫的連載，但出版單行本以後，卻甚少成為洛陽紙貴的暢銷書。其中部分原因在於，漫畫家的主力多半放在專業漫畫雜誌的連載，沒有餘裕顧及綜合性的周刊。因此，有些體力漸衰的漫畫家無法在主戰場贏得廣大的讀者，只能移師至綜合性的雜誌找回消失的雄風了。

《自虐之詩》最初由光文社出版，只不過，該社在漫畫方面著力不深，僅出版過少量的漫畫雜誌，對於發行這類單行本亦是興致索然。在石田看來，儘管業田良家的傑作出版面世，最後亦只是被扔在倉庫裡，任憑自生自滅而已。他還援引同為漫畫家內田春樹的例子。內田春樹卓越之作《水物語》，就是在《寶石周刊》連載的，同樣由該社出版，可是就他所見，他在書店裡很少看到這部作品而感喟不已。石田說，業田良家結束《自虐之詩》連載之後，由他接手創作漫畫，他在《寶石周刊》連載《薔薇枝上薔薇花》，他認為這是其嘔心瀝血之作，但同樣的，在書店裡亦不容易看到單行本。原來漫畫家努力創作漫畫，縱使結集出版仍然滯銷，不受讀者的青睞。石田看到內田春樹受到這般冷遇，為此大感失望，後來他憤然辭退畫稿到其他出版社另謀出路了。在漫畫家的價值視野中，與其領取印量一萬冊的版稅，他們寧願沒有版稅卻有百萬名讀者閱讀其作品來得喜悅。

石田為業田良家的《自虐之詩》一書難求，感到十分高興，並預估今後還會陸續增印，名正言順地成為出版社的金雞母，進而成為不畏風雨的提款機。因此，從這角度來看，我手中這套《自虐之詩》，雖然是舊書品相普通，但必然已獲得更大的增值空間了。我真心高興那位日本朋友的善舉，若沒有他於多年前贈送我這套漫畫文本，至今我恐怕沒有機會重新講述它們的故事了。哪怕我只是拙劣地複述一遍而已，這對我而言都是幸運的。於是，順著這條意義之線，我要毫不見外地說，我也是它們歷經風雨洗禮的見證者，而且我更是一名在閱讀的唱詩班裡光榮的讀者。進一步地說，當我認識到《自虐之詩》的出版經歷，在我的寫作生活中出現的所有挫折，看來都不構成任何意義的侵擾了。在某種情況下，有時候自虐和自律之間的距離，還真是僅止一線之隔。

活著是為了相聲

雲田晴子《昭和元祿落語心中》

上個月，我看見NHK為自製的連續劇《昭和元祿落語心中》（按照意譯為《昭和元祿相聲殉情記》）陸續打出廣告，便直覺這部講述噺家（相聲演員）的故事，極富趣味性很值得觀賞，我心想，說不定其中還隱藏著已被淡忘的史實。我向來偏愛疑質歷史的真實性，習慣將任何題裁的文本，看成是進入歷史語境的路徑，舉凡日本宗教史、日本美術史、日本畫（在台灣，稱之膠彩畫）、日本電影戲劇，哪怕是次文化的漫畫作品，同樣具有對等的文化位置。

只不過，我後來因忙碌其他事情，一探究竟《昭和元祿相聲殉情記》的激情，暫時平息了下來。昨日晚間，我上網查找資料之際，無意間有了新的發現，我竟然成功連結到了一個播放日韓連續劇的網站。該網站有這部連續劇（共十集）。是夜，我立刻觀賞了第一到三集。這部連續劇的情節，果然精彩好看，尤其是，劇中出現隱微或顯白的歷史事實，我總要倒轉或停格下來，弄懂細節才肯罷休。實際上，我原本想往下看個過癮的，但是時間已晚了，又自我告誡不可熬夜，若再補寫筆記的話，鐵打的身體恐怕也撐不住。確切地說，我在這方面消息是不夠靈通的，不諳追劇的巧門，否則現在就不需贅述這段後見之明了。

所以對我而言，每日觀賞一集，應當是最為合宜的。而以這樣的進度，說不定更能理解日本相聲表演的內在肌理，從這變形的文本中挖掘出可視見的歷史碎片。不過與此同時，我仍然有著個人的主觀期待：以大眾娛樂為導向的電視連續劇，在收視率掛帥的時代裡，除了突顯戲劇的趣味性之外，如何向生活在承平時代的觀眾，展現出多大程度的真實歷史，要運用多少個鏡頭畫面，把不斷面對破壞與變革詰問的相聲表演藝術，亦即將逐漸沒落的、從黑白到彩色的大眾聲音找回來？這的確是一個艱難的任務。不過，為了避免斷章取義，我在撰文之前，還是花了三天看完這部連續劇，我至少多了些理據的底氣。

根據資料顯示，這部連續劇改編自漫畫家雲田晴子的漫畫作品。《昭和元祿相聲殉情記》系列作品，首先刊登在二〇一〇年講談社的創刊號《ITAN》漫畫雜誌上，連載至二〇一六年的第三十二期，歷時六年之久。二〇一四年曾改編成電視動漫播出，獲得原出版社講談社「第三十八屆一般部門漫畫獎」，以及「第二十一屆手塚治蟲文化獎新生獎」。

這兩個獎項對於年輕漫畫家來說，無疑是很重要的肯定，加上連續劇的成功效應，使得該漫畫作品自出版以後，二〇一八年迄今，銷售量已達兩百萬部，堪稱名符其實的百萬暢銷書。不僅如此，它還帶動著後續效應，許多日本年輕人因為《昭和元祿相聲殉情記》漫畫作品和連續劇的影響，開始關注日本的落語（相聲），給原本欲振乏力的相聲界注入了生機。

然而，我更想描述的是，臺灣與日本這兩個國家在自由言論發展史的相似性。日本進入戰爭期間，作為娛樂大眾的相聲表演，在寄席（說書曲藝場）上，並不是表示相聲演員可以暢所欲言，能夠按照自由的意志說書。相反的，有時候相聲師傅迎合時事說點笑料，還可能是一種危險。因為在以戰爭為最高指導原則的國家總動員令的體制下，日本的相聲表演同樣被納入官方的言論管控，遑論要掙脫扼住他們喉舌的鐵手。在臺灣，亦經歷過這樣的威權統治風暴。因國共內戰失敗退守臺灣的中國國民黨，自一九四八年五月十日公布實施《動員勘亂臨時條款》以來，及其白色恐怖時期，臺灣島內所有言論和藝術表演開始受到嚴厲的壓制，那是一個徹底將文字思想和自由的聲音打成了喑啞的年代。

進一步地說，回到相聲政治無意識的場景裡，多半能找到恐懼的回聲。

在《昭和元祿相聲殉情記》第二集中，有一幕詭譎的奇觀。一名老相聲師傅彥兵衛，在台上打趣地說：「……他只是相聲表演，平時只拿些扇子或手巾之類的東西，要是拿著槍枝呀，砰砰砰胡亂掃射的話，大家肯定會嚇得四處奔逃的。而且，最近這個戰爭情勢啊……」他話音剛落，引來台下的觀眾哈哈大笑，他正要往下講的時候，一名身穿白色制服的「臨監席」（警察），猛然站了起來，拍桌喝斥必須停止演出。說書場老闆見狀立刻迎了上來，極力安撫這位暴怒如雷的思想警察，保證今後會好好教訓這名相聲演員。在戰爭時期，對相聲完全外行的警察，就坐在說書場的後方，只要他認為相聲內容不利於時局形勢，或者有點情色的笑話，他就會氣急敗壞似地喊停。在相聲界看來，這個時期正是政風警察最囂張跋扈的年代，他們在貫徹和執行國家機器的任務，其恐怖的身影就在說書場內恣意的遊蕩。

因此，說書場的相聲師傅經常私下裡報怨，自從國家動員令（一九三八年五月五日）實施之後，有些相聲段子都得遵循官方的規定，由不得違抗和挑戰，理由是，相聲表演會影響打仗的士氣！在此政策主導下，那些頗受大眾好評的相聲段子《拂曉時分的烏鴉》、《五個人的故事》、《品川殉情記》等等，就此不能登台表演了。

對此，相聲界之中仍有不平之鳴，官方這種作為如同要扼殺和毀滅相聲表演，但這種憤怒最後被其高層勸阻下來，明哲保身的原理再次占了上風。相聲界的大老認為，在非常時期，相聲表演應該順從當局潮流，不宜表演飲食男女或豔情的內容，要講些鼓舞戰爭士氣之類的新段子。再者若有相聲演員碰觸到軍部的政治紅線，最終只會給曲藝場招來更嚴厲的監視而已。換言之，隨著戰爭形勢的嚴峻，限制相聲的緊張氣氛隨之升高起來。

到了一九四一年十月，日本政府以不道德、不審慎為由，禁止經典相聲演出，而這時相聲界更切身體悟到危險來到眼前了，以自我約束（如臺灣人在戒嚴時期警備總部體制下的自我審查）的形式，在淺草本法寺立了「相聲塚」，於是，高達五十三種經典相聲劇目就這樣被埋葬了。不無諷刺的是，相聲塚的揭幕儀式還上了報紙版面，這場原本以沉默哀悼相聲失語的無奈，經由新聞媒體的巧妙粉飾下，卻變成了名正言順的「愛國主義者」行止。在那以後，有的相聲師傅走下相聲舞台，轉向千里之外的死神遍在的異國戰場上，用他們的橋段笑料，來拯救日本士兵的死亡恐懼。儘管這種極權主義佔據了支配地位，有年輕的相聲演員卻力排眾議，他認為生活在苦悶壓抑的時代裡，就更需要相聲的滋潤。為了鍾愛的相聲表演，他們寧死不折，才不想為國家（軍國主義）熱血捐軀，他根本不相信這種政治口號。他們有堅定的信念，縱然現在觀眾銳減不少，等戰爭結束以後，大家能夠吃飽喝足的時候，他們還會回到說書場，觀看他們的相聲表演。

在那之後不久，日本攻擊珍珠港，美日兩國正式點燃了戰火。一九四五年四月，東京開始遭到美軍的轟炸，相聲界亦愈發冷清了，有些相聲學徒不得不帶著家眷疏散到鄉下躲避戰火。正如前述，那時東京遭受空襲處境相當危險，所有相聲表演幾近停擺狀態。在這情勢之下，劇中主角菊比古的相聲師傅八雲只能順應時局所需，前往了中國滿洲為皇軍們做相聲演出。由於在滿洲的戰況極為慘烈，不止相聲演員，見識過這場面而活著回來的人，永遠無法忘卻這漫長無垠的地獄之行。然而，苦難的歷史經驗似乎也有暫停的時候。日本戰敗之後，相聲師傅八雲和徒弟初太郎奇蹟似地從滿洲回來了。避居鄉下的菊比古得知消息後，喜不自勝地立在木橋上吶喊道：「今後不會再有空襲，他們可以重返東京過正常的生活，正常練習和表演相聲了。」果然，因戰爭時期而停擺的說書場（寄席）又得以重新開始，及時為相聲界吹來了一股希望的春風。

顯然易見的是，不論是漫畫原作或者這部連續劇的情節故事，都在呈顯相聲演員的藝術信念，他們對於相聲演出的執著，如同信奉宗教般的堅定，雖然其表現手法是溫和委婉的。直言之，任憑極權主義和軍國主義的槍砲再怎麼威猛無比，終究是不能把屬於歡樂大眾的相聲表演掃滅掉的。當然，這不能就此說是相聲完全勝出。毋寧說，他們面臨諸多的挫折，面臨如經典相聲劇目《死神》那樣，死神不時向沮喪的失敗者索命的同時，他們也在這困頓之中創造了自身的舞台。正如在第四集中菊比古的內心表白：「如果有相聲作伴，我願意墮入地獄；和相聲一起殉情，才是我真正的願望！」

當我們回到更寬廣的歷史情境來看待《昭和元祿相聲殉情記》之時，也許又能看見別樣的人性風景，一種既在文本之中解讀，又超越文本之外的視野。畢竟，對讀者和觀眾來說，獲得這種歷史視角的確是令人驚喜的。我們似乎可以這樣釋義：每當時代苦悶閉塞之際，歷史老人總會本著慈悲的情懷，最後向他們施予彩色的笑聲，而博君一笑，也算是拯救蒼生的善行。

我的日本閱讀

如何面向日本語

對於像我這種必須經常閱讀日本語，並轉化為寫作材料的人而言，我思考著一個問題，我是如何面對和接受日本語這門外國語言的？一直到現在，遇到要表達深切的感受，甚至最大程度呈顯我真實想法的時候，還是會稍做猶疑的。坦白說，這出於學藝不精和為突顯主體意識的我，仍然形成某種輕微心理壓抑和限制，也就是，我把自己置身在那個執著難釋的境地裡。毋庸置疑，這屬於我不可調和的矛盾，應該與語言學方法論無關，更無關乎國家政治意識形態的介入。

為了解開這個困惑，有時候我索性隨興閱讀，拿到什麼書就翻上幾頁，不依篇順序地讀完，而是全憑書神的帶領，像中樂透似的得到新的洞見。說來真巧，我這樣聯想之際，「美」列文森《儒教中國及其現代命運》一書中，第二部結語：新詞彙還是新語言論及，「如果僅僅是中國詞彙受到了影響，而且受影響的只是細節，而不是智慧生命的風格，那麼中國和歐洲匯合的結果在本質上對雙方是相同的，因為文化的傳播是雙向的，歐洲和中國一樣，都接受了對方的一些思想觀念。」列文森進而精闢地說，「語言的含義就不可抗拒地表明，西方給予中國的是改變了它的語言，而中國給予西方的是豐富了它的詞彙。」

有了列文森這個深刻的見解，助我更理性地看待《日本語と日本人の心》這部三人（河合隼雄、大江健三郎、谷川俊太郎）鼎談的內容。首先，心理學家河合隼雄對待日本語中的佛教語言的態度，讓我感到好奇關注。他自承年輕時期很討厭日本式的事物，認為日本人必須引進自然科學的東西，用科學的理性的思考來得重要。在這個信念的引導下，他在大學裡專攻數學，與其說不懂得日本文化，不如說他刻意與它保持距離。後來，他慢慢體會到一個事實，不管他如何冷靜自持，佛教思想及其語言很大程度滲透在日本人的日常生活中。例如，日本人在祝賀新人結婚，通常要說「一蓮托生（同死生，共命運）」的賀詞，又或者，像「不可思議」、「言語道斷」、「荼毘」、「金輪際」等說法，早已進入日常生活中，它就像人的呼吸那樣自然。換句話說，作為力圖用科學理性的語言來表達自己的思想，必然要面對傳統的語言文化，從那裡得到滋潤和養份，特意回避的結果，最容易使自己陷入另一種尷尬的境地，有志難伸的語言危機。

大江健三郎的情況，即是既回避又想改造日語特性的典型代表。他用日語寫作，卻想擺脫日語的束縛，包括對語法邏輯的逆襲，試圖經由自己變革的文體來發現自己，找到屬於他真正的語言。這些奮力相搏的痕跡，全落實在他改造過的令人難以卒讀的日文中，而像語言慧根較淺的我，就必須花費極大的腦力，方能讀懂些他變形苦澀的文章。或許谷川俊太郎得益於詩人之身，而詩人和哲學家看待語言，向來有特殊之處，好比漢娜・阿倫特給朋友的信中所說，「如果我寫不出詩，只能是無用的臭皮囊」。在谷川俊太郎看來，日本語文如廣闊的大海，詩人的語彙和修辭，起源於它受其教益，詩的語言從中得到活力，所謂打破母語文化的束縛或糾纏，創造新穎的表現語法，都將沉浸在這個語文傳統中，一旦失去這個傳統的庇護，就會像魚失去水一樣。話說回來，我隨興翻閱這本書，得到諸多的益處。我重新認識到，以後如何面向作為外國語的日文，它在我的寫作與閱讀中占有何種地位？這個問題雖然並不急切，但應該是極其重要的，由不得我敷衍以對。

我的禁書之愛

三十年前，我到東京求學遊歷，前半年住在栃木縣的小山市（家兄的公司宿舍），後來為了通車考量，經由好友介紹，在杉並區的阿佐谷找到了一間木結構公寓，總算有安居的處所。因為這地利之便，半年後，我就有較多機會到神保町古舊書街找書了。有時候若時間充裕，我必定會繞到鈴蘭街裡的「內山書店」和「東方書店」瀏覽一下。因為那兩家書店的書櫃上，販售許多中國出版的日本文學翻譯書籍。當時，我仍然熱衷於蒐集這類的中譯本，所以到那裡巡視往往有意外的收穫。據我印象所及，當時，從中國進口到東京這種專門書店的日本文學譯本，每本售價不菲，約莫人民幣定價的二十三倍之多。不巧的是，我那時候的經濟狀況糟得很，每天必須維持打工八小時，生活的木舟才能免於破漏。但是我心想，既然這些書籍有助於我在翻譯方面的精進，並可多了解日本左翼文學的發展，我沒有藉口不買下的，因為錯過這一次，我將來必定追悔莫及。再說，這種物質的困境倒不難解決，平常若省吃儉用些，就能多餘些錢來買書。在那之後，時間也支持和證明我當初的決定。

與現今的情況相反，那時在東京中國書店購得的簡體書，即便這是與政治或意識型態無關的日本文學的中譯本，依照當時中國國民黨禁絕簡體書的規定，它們是不能帶回臺灣的。也許，許多臺灣知識人還有印象，一九八〇年代中期，愈是被國民黨政府嚴令禁絕的政治思想的簡體書，就愈吸引著思想左傾的臺灣知識人的求索。更準確地說，閱讀此類的書籍，必須承擔很多風險，甚至被關進牢獄，哪怕那時只是出於叛逆的好奇，或者從絕望中找尋希望的火種而已。那時候，臺灣島內還處於恐怖的戒嚴狀態下，與中共政權誓不兩立的局面。在中國國民黨看來，這種由萬惡共匪印製的簡體書，其禍害和危險不遜於洪水猛獸的微笑。姑且不論從政大國關中心友善流出的複印本，所有進出臺灣大學周邊的影印店準備捧回簡體書的人，他們的行蹤都會自主地變得詭異起來。誇張地說，當他們感恩地付了書款，將複印的書本珍重地揣著懷裡，才剛走出影印店，這時暖風卻乍然吹來，店前轉角植栽的樹影只是輕搖了幾下，都足以讓他們產生恐怖的錯覺，以為警備總部和調查局的幹員這回真的衝上來抓人了。

換句話說，我那時在東京購得簡體版禁書，終究只能留在東京的寒舍裡自讀，這樣一來，我不得不日日夜夜盡快通讀和熟悉全書，否則就得詳細筆記。我只能說，如果你不信邪，試圖想把它們帶回臺灣團聚的話，那近乎是一種自殺行為。我曾經在東方書店裡，目睹過這進退維谷的情景。我從口音上判斷，一位來自臺灣的大學教授，顯然不知道這方面的規定，他先是喜不自禁地在書店裡仔細選書，一看到中意的簡體書，就取下抱在懷裡，沒多久，成堆的簡體書就滿懷到快遮住他的視線了。最後，他把那堆圖書送到了櫃檯結賬，並囑言請店家把這些書籍郵寄到臺灣。結果，男店員用和緩的口氣對他說：「依照臺灣政府的規定，不得郵寄大陸簡體書，就算從日本郵寄也會被臺灣海關查扣的。」這段對話吸引了我的注意，我好奇地轉身看去，那位中年男教授露出沮喪的神情，不知如何是好。後來，我看見他拎著裝在提袋裡的簡體書走出書店，腳步似乎變得沉重，少了剛進書店時的雀躍之情。至於，他後來是如何處理那批珍愛的書籍，我自然不得而知，只能祝福他和愛書一路平安。

我也曾有過帶書闖關失敗的經歷。一九八七年夏天，我初次返回臺灣探親，心情格分亢奮。一方面是因為我購得的簡體書已有相當數量了，我打算先運回部分圖書，免得以後在臺灣沒書可參考。前日夜晚，我就發揮著運毒者謹小慎微的特質，將馬恩全集中的馬克思《資本論》（五卷本），用衣服妥善包裹，塞在大行李袋的底層。我決定碰碰運氣，祈禱運氣之神這次多予眷顧。飛機抵達桃園國際機場以後，我從行李轉盤上領回這件重要的行李。然而，就在通過查驗櫃檯的時候，海關官員可能看出行李的底層有點怪異，便伸手探進又摸又找似的，沒幾分鐘，他似乎摸出什麼端倪來了，眼神嚴峻直問我：「裡面裝著什麼東西？」我照實回答：「只是書籍而已」。這招無法過關，他執意要我交出書來，我心想大事不妙了，可又沒有脫困的策略，只好硬著頭皮全數拿出來。官員翻閱了幾頁，問我這書做什麼用途？我說，純屬個人研究之用。他說，「這是禁書，不能研究！如果你執意帶它進來，我就請警備總部的人過來。」眾所周知，在那個年代，一旦被警備總部的人員盯上，災難就成了不可數的量詞了。平凡如我，當然不敢與其正面衝突，於是連忙地請示那位官員，希望他為我提示指路明燈。說來，他真是個善良的官員，沒有藉機刁難或陷害我，他建議我把這套書寄存海關，下次帶回東京。我明智地依照指示辦理，很感謝他的友善協助，感恩他對於讀書人的護持。

或許，出於我叛逆的書癮性格作祟，亦可說我的僥倖心理尚未死去。一次，常往來於日本商務的二哥，回臺灣之前，前來阿佐谷的陋室探望我。猛然間，我發現馬克思《資本論》的書影，竟然歡快地掠過我了的腦際。而且，這套《資本論》似乎向我透露，二哥應該可以把它們平安帶回臺北。於是，我把這項神聖的任務交由二哥執行。果然，這次運書真的成功了。我分析其中原因，可能是二哥商務人士的身分，海關官員認為，臺灣的商人是不讀資本論的，沒有嚴格查驗行李物品，二哥才順利出關的。也正因為這樣，之後我們兄弟才有機會討論《資本論》的諸種問題。現在，我由於寫作上的需要，時常得翻動書堆，不意看到那些當年見證過我讀書生活的舊書，我心裡非常高興。其中，有小林多喜二的《防雪林》中譯本（一九八二年，山西人民出版社）以及日本現代戲劇選《他的妹妹》中譯本（一九八七年，人民文學出版社）。每次翻閱這些日本文學的中譯本，這些與我多次遷徙仍留駐在書房的舊書，我總能受到文字的溫度和力量，它們永遠超乎政治意識型態的界限。中國詩人北島用「遊歷，中文是我唯一的行李」自況流亡海外的心境，說得極為傳神。那麼對我而言，「中文，是我用來表現深刻思想的道路之一」。它與臺語寫作同樣重要，自始至終沒有尊卑高低的差別，就看你的筆鋒是否常帶著感情，深刻的思想能否浸潤讀者的心靈。

京都大阪舊書店側記

今日，我給自己放了讀書假，沒有半點寫作的成果，只享受著閱讀世界的暢快。《日本語の作法》這本舊書，是我此次巡訪京都古舊書店意外購得的。當時，它就置放在書店樓下尚未標價的書堆中。那裡共有四堆書籍，我不怕麻煩，逐一看過書目，找出我中意的書籍，總共挑選了三冊，這是其中的一冊。我上樓請來老闆探問，樓下的舊書沒有標價可否出售？下樓後，他依我指示鬆開了書堆的綁繩，向我確認需要的書籍。待我確認後，他為了不耽誤我的時間，把剛才鬆開的綁繩復又束綁了一下，便拿著三冊書籍上了二樓。我跟著他的身後而上，途中發現往二樓階梯的側邊，堆著幾套日本文學史全集。這些書籍我之前已購得不再複買，不過看到這些好書，心情仍是愉快的。我進入二樓站定以後，朝店內快速地瀏覽。如果我沒看錯的話，該店的鎮店之寶全在二樓書架上，以日本文學和美術研究文集居多。若以書種來看，這算是庫存豐富，有浮世繪（版畫）和類似捲軸的掛圖等等。我基於好奇心作祟，亦隨手翻閱觀賞起來，但是自知已經無力再遊賞這個領域了，三分鐘過後，理性的本尊旋即命令感性的分身即刻回神了。就在我選書的時候，七十餘歲的老闆就坐在燈光微暗的櫃檯後方，為這數冊舊書鑑定身價起來，看上去其神態有點像業餘的考古學家。

坦白說，當老闆告訴我這三冊舊書的價格時，我為其售價之高感到驚訝。也許這純粹是直覺反應，亦可能是我下意識地以之前的購書經驗與之比較。在當下，我的想法很簡單，首先這些書籍尚未整理，按理應當來的便宜些。以日本舊書業的行話說，它們還沒有除去舊書的粉塵和霉菌，而且還有圓珠筆的劃線（這是最致命傷的因素，等於廉價品的同義詞），被視為距離紙屑最近的東西。換句話說，店家少了這道為書籍淨身的工序，等同於省下了清除費用，不應當計入勞力成本的。多年以來，我曾經遊歷日本（主要以東京為主，北海道、青森、九州等）的古本屋，自然以此經驗做為比較。由於這種反差和衝擊，我便認為現在京都的古本屋舊書標價明顯偏高了（物價也貴），甚至比東京神田和早稻田舊書街的舊書貴上許多。相較而言，在搭乘電車四十分車程之外的大阪市，其古本屋的舊書售價就平實多了，真正符合物美價廉的內涵，讓我有大量購書的豪爽之情，激盪出任君搬書的滿足感來。以我此行為例，我沿著大阪市內日本一級河川……寢屋川畔而行，原本要去BOOK OFF書店，幾經轉折，無意間卻在巷內發現了山內書店，這讓我大為驚喜，我當然欣喜而入掃視，不消十分鐘的工夫，我即麻利地找到了許多好書。其中，有沖繩作家東峰夫的芥川獎得獎小說《沖繩的少年》（文藝春秋、一九七二年初版）、《明治大雜誌》、《昭和大雜誌：戰後篇》（流動出版社、一九七八年初版）等。

對於上述舊書標價太高的問題，使我想起來了作家永井荷風逛舊書店擅自更改售價的趣聞。眾所周知，永井荷風是日本代表性的傑出小說家，此外他還是個淘書的狠角色。根據其永井荷風評傳的作家指出，永井荷風每次逛遊舊書店的時候，隨身必帶著鉛筆和橡皮擦，因為這兩樣東西給予他極大的議價空間。例如當他看到中意的書籍，必定先翻到該書最後的頁面，了解（確認）該書的售價。永井荷風有時認為該書售價偏高，心裡實在不服氣，就逕自拭去該書的售價，重新寫上自認合理的價錢。此時，舊書店老闆若有異議，他即理直氣壯地說：「這才是該書合理的售價！」始終貫徹淘書高手的立場。順便一提，永井荷風出入舊書店的大正時期，舊書店家大致還保持這樣的商業模式，亦即將古本（舊書）的售價寫在書頁後面。現在，有些日本舊書店家會自印藏書票似的店章標籤，該書售價金額就寫在標籤下面，頗有美觀怡情的作用，充分發揮為舊書增值的效果。

話說回來，儘管我知道永井荷風在淘書方面的卓越表現，為他的行家霸氣深感折服，但我究終是外國的淘書客，帶著愉快心情走訪京都的古本屋的，從任何角度都不宜貿然行動，更不可模仿永井荷風的作為。或許，我的文友說得有理，依他大膽猜測，我這些書籍並非在京都大學附近的舊書店購得，因為那裡的售價公道的多，很有可能是該店家老闆坐地起價的緣故，而非看準我是個過路客，不會回潮而返，於是藉此巧妙標出高價。我接受這種推理，也許京都市的租金昂貴，書店老闆才以此方式售書，提高店家的獲利空間。畢竟，日本的古本業已經逐漸凋零了，守著古色古香的舊書店家雖然是神聖的事業，但確實愈來愈不容易撐持了。對我而言，這是意味深長的課題，短時間可能找不出答案，其實也不需要急於解決，留待以後再慢慢探究。於是，我又轉念一想，此次，我專程來到睽違二十五年的京都旅遊賞楓，得以造訪古都的舊書店，這過程本身即充滿喜悅的期待了。就算是多花點費用，若能因此促進京都舊書店業的經濟，亦是淘書者應盡的事情。

當然，在這次訪書之旅當中，亦有驚喜的收穫。例如，我在本能寺附近的尚學堂舊書店購得售價公道的好書：田中智學《大國聖日蓮上人》（春秋社，一九二九年版）、《日本的名著8，日蓮》（中央公論，一九八三年版）；以及在大學堂書店購得奇書：松本清張　監修《明治百年100件大事件》上／下（三一書房，一九七六年版）、小笠原克《島木健作》（明治書院，一九六五年版），尤其該店女老闆在結帳之時，為我去除零頭的豪邁，至今我仍然印象深刻，那種樸實至真的人文風情，溫書時光所散發的特質，彷彿有著不可言喻的魔力。我心想，在紙本書逐漸沒落的時代裡，文字閱讀已變成讀者最後一塊精神綠洲了。就此來說，像我這樣經常進出日本古舊書店的人，與其說是不可救藥的戀物癖者，毋寧說這是淘書者的自我慰藉，一種不需要很多花費，卻是能實現自我療癒的行程。我不知道其他愛好此道的淘書者是否同意這種說法，我頂多只能猜測，當這種誘惑迎向他們，他們是否會奮不顧身，馬上訂好機位和住宿，像冬季每到暮色降臨之際，就急於返回樹林巢穴的烏鴉一樣，一刻都不會猶豫和蹉跎。

從黑格爾到費爾巴哈

基於某種時間的壓力，我手上一得空，便要整理雜亂的書庫，否則真的快堆得寸步難行了。平時，我甚少運動或健步養生，以前還抽空到游泳池，游個八百公尺，健壯肺部兼瘦身，試圖消滅哮喘的發作，只是這些運動，現在全成明日黃花了。於是，我想既然失去戶外活動的動能，不如整頓書籍的秩序，將它變成室內運動，以此來鍛鍊手臂和大腿的肌肉群，看自己坐在電腦前打字的時間，是否真能增長？但有一點是確定的，那就是厚積的灰塵，往往會因搬動而升揚起來，這時沒戴上口罩防護，恐怕支氣管又要遭殃了。在這方面，我有切身的苦澀經驗可供佐證。

我以這樣作為拙文的開場白，倒不完全沒有一點好處。我發現，為書籍和書架的層板拂去灰塵之際，許多擱置多年的舊書，彷彿突然睜開了眼睛，向我投來召喚的目光，像是在提示著什麼。在這種指引之下，我很快地就與舊有記憶的線索接連了起來。我以黑格爾的《哲學史講演錄》（四卷本）為例，因為這套書與我頗有緣分，彼此往來了三十餘年。

大約在一九八五年左右，我在臺灣大學前的書攤前，幸運地購得這套書。我知道其書（中譯本）的存在，當然是從閱讀馬克思的論述中得知的。當時，在浪漫主義色彩壓倒左傾思想的讀書界裡，凡是馬克思批判過的和讚譽過的人物和書籍，他們盡其可能都要找來一讀方可罷休。但不容否認的是，這種書籍只宜在地下傳閱，不能公開的閱讀活動，在某種程度上，有因禁書而反動的仰慕，也有（文青）時代病的意味，未必每個讀者都能讀得通透，將來成為馬克思的專家，恣意汪洋寫出萬言文章來。

我購買《哲學史講演錄》的動機極為簡單，完全出於利己主義，與閱讀時尚無關，僅希望增加哲學史的基礎知識。試想，對不諳德文和英文的讀者而言，要弄懂哲學史不容易，手裡有中譯本可讀，絕對是刻不容緩的樂事。另外，那時我即將前往東京學習日本語文，在尚未掌握這門外語之前，很想藉由閱讀而保住中文表達的通暢，不致於使半調子的日文和外強中乾的中文，彼此混用交纏在一起。後來證明，這個自我提醒還是有用的。我在正規日文教育之外，在打工結束以後，返回簡陋的公寓裡，陸續閱讀著《哲學史講演錄》。但不知什麼原因，我每次閱讀到興奮的頂點，就想上廁所，情況嚴重一點，竟然拉肚子。這種奇妙的經驗，也發生在我閱讀馬克思的《資本論》的時候，看來處女座的讀者胃腸不好，已是不可逆的宿命。

說來有點邪門，讀完黑格爾的哲學史，自然就有一種慾望和衝動，更想閱讀費爾巴哈的著作，因為馬克思曾經大力批判過費爾巴哈的哲學觀點，這使我也想知道費氏到底何許人也，他有什麼本領惹得馬克思用很大篇幅評析他的哲學起源。只不過，據我所知，在一九八一年代中期的臺灣，要找到人民版的《費爾巴哈選集》已經實屬困難危險，能夠獲得地下複印本，就值得放鞭炮慶祝一番了。彼時，我的確是天真無知。我一直認為在漢語文化圈裡，只出版兩冊《費爾巴哈選集》。

進入一九八七年，我尋找中譯本《費爾巴哈選集》似乎出現了生機。我們班上有幾個中國留學生，其中有兩個同學品行不錯，下課後我們稍有往來。我經常藉機與他們談點馬克思什麼的，可我發現他們似乎興趣索然，有時露出困惑的表情，最後他們向我坦承，他們這一代人已不讀這種書籍了，擺著都顯得佔據空間呢。後來，我靈機一動，請他們於中國春節返鄉探親之時，幫我購買《費爾巴哈選集》，一定全額照付。我想，他們必定認為我是個怪人，竟然在讀這種不安之書？不過，基於我在日文方面給予他們很大的照料，他們還是接受了我的請託。開學後，來自上海的同學說，他找到了《哥達綱領批判》，但臨行之前，卻把它忘在車上了，他為此深表遺憾。我說：不要緊，也許時機尚不成熟，費爾巴哈暫時是不想見我，我再稍等時間看看。來自北京的同學說，費爾巴哈真是難找呀，他跑了幾家舊書攤，都沒找到我所渴求的經典作品，沒能回應我的央託，心裡有點過意不去，所以贈予我兩卷《西方文學理論》作為補償。其實，我很感謝這兩位中國籍的同學。他們尋書未果有許多因素，至少透過他們的說法，我知道自己的閱讀立場，我還在閱讀不合時宜的書，這無異於是自我檢視的機會，我到底所為何求？我真的不是跟隨流行，而是誠心想閱讀費爾巴哈嗎？

我一如既往，不打工的日子，就到神田的舊書店街巡視，以此擴大眼界和見聞。某日，我無意間在書店裡發現了日譯本《費爾巴哈全集》的身影，儘管那只是品相普通的分冊，對我卻是極大的亮點。有了分冊和導讀的指引，我事後才知道《費爾巴哈全集》已於一九七四年出版，共計十八卷之多，真是不簡單啊！必須指出，這套全集由出自西田幾多郎門下的哲學家船山信一（一九〇七—一九九四）以個人之力譯出的，其崇高的譯業令人欽佩。說到這套全集，以我當時的打工收入，幾乎沒有任何餘裕買下。因此，我稍為改變做法，從日本學者撰寫的《費爾巴哈傳》入手。我打算了解得更深之後，再購買全集不遲。只是，人生的歲數有限，不可能同時踏入兩條河，終究必須做出抉擇。隨著往事和思想的發展，蒐齊日譯本《費爾巴哈全集》的夢想就此打住，我只買了兩冊，以此表示我對老費和翻譯家船山先生的敬意。

談完我短暫的費爾巴哈情結，接著，我必須回到「黑格爾」的話題上，事情不可講得含糊其詞，語言的明晰特性，永遠受到哲學家的愛戴。一九九〇年，我返回臺灣求職的時候，這套黑格爾《哲學史講演錄》也隨行而回。遺憾的是，那時我徒有青春之力，收入並不穩定，因多次搬遷的緣故，最後把黑格爾死後由學生筆記整理的代表作，置放在苦寒潮濕的八里的公寓裡，因不敵風雨和白蟻侵蝕，被整得面目全非，書頁潰爛到不容辨識的程度了。但從那以後，我又興起了整全《哲學史講演錄》的念頭，彷彿那是一件應盡的任務。目前，我手頭上這四卷本平裝書，正是我為自己和閱讀黑格爾所做的紀念。換言之，從閱讀黑格爾到找尋費爾巴哈的譯本過程中，我自始至終都在履行讀者的角色，用最緩慢的速度，用堅定的目光追尋著文字之思，然後隨之移動，隨之躍過語言的橋樑，抵達先是由想像構成的後來眼見為憑的哲學風景。這由兩個作古多年的德國哲學家所構建的哲學世界，不論是唯心論或者唯物主義，在歷經時光的反覆淘洗，其真實的樣貌似乎絲毫都不曾改變，他們如塗上神奇的化妝水一樣，永葆青春和煥然如新。從這意義來說，我不得不認為在與時間的較量中，終究是哲學家的著作技高一籌，他們死後的骨頭並未朽敗，而且還硬得很。根據歷史考古學家指出，它們的用途廣泛，可以用來擂鼓宣志，也可以敲醒現今世紀還在貪睡的靈魂。

新潮文庫日本文學與我

日前，志文出版社創辦人張清吉先生辭世，消息傳出之後，文藝界人士無不表示惋惜悼念這位出版家對於文化知識傳播的貢獻。我曾經是志文的讀者，與張先生有過一面之緣，應該藉這個機會致上最高的敬意。

首先，我必須提及曹永洋老師，因為他曾任志文出版的總編輯，在志文推出日本文學方面付出甚大，而我就是在他的引介下，才得以造訪新潮文庫的創辦人。我記得多年以前曹永洋老師來訪又贈予大作，我身為後輩真是與有榮焉。那時候，我們聊談得很盡興，從史懷哲的生命關懷到世界文學的變遷，後來所謂「三話不離本行」，我們的話題就轉向了翻譯的事情，自然格外興奮起來。他當下提議，很樂意帶我拜會出版家張先生，我當然求之不得，於是，我第一次來到志文出版社編輯部。

在曹老師的引見下，他向張先生提及，我曾經從事出版工作，翻譯過多部日本文學的作品，以後或許可以為志文譯介日本文學作品。看得出來，張先生與長袖善舞的出版商不同，他為人篤實謙虛，不說場面話，他同意曹老師的提議，非常期待我加入這個陣容，在這領域上多所發揮。在席間，我還向張先生表明，我到東京求學之前，就是志文出版社的讀者了，買過許多他們出版的西方文學思想的叢書，尤其是廚川白村《苦悶的象徵》和鈴木大拙《禪與生活》二書，對我的寫作和翻譯觀念影響很大。此外，關於日本小說和日本電影方面的書籍，我總是把它們視為首選。張先生高興地笑了笑，客氣地向我道了謝。

但事實上，我必須坦承，對於前輩的好意，我可謂憂喜參半，那時我雖然已經翻譯多部作品，但是總覺得譯得不夠好，認為尚無法掌握精要的文字來翻譯卓越的日本文學，這樣一來，惟恐貽害讀者的視野，因此這個來自前輩的託付，就這樣被我的猶豫耽擱了下來。

說到志文出版社新潮文庫的日本文學譯本，我認為它們發揮著很大的啟迪作用。據張清吉先生於生前接受記者採訪時指出，新潮文庫編號至五十幾號的時候，便開始著手日本文學和哲學書籍的翻譯，曹永洋老師也加入了翻譯的工作。以當時出版資源和條件來看，儘管起初只是精選集似的翻譯，而非系統性的全面刊行，有這樣的出版計畫，都是殊屬難得的。進一步說，他們當初出版好書的善舉，卻讓許多不諳日語的讀者受益。他們可能不知道，對於一個愛好日本近現代文學，還沒有學會五十音的人而言，坊間出版的日本文學的中譯本，都是他們重要的入門書，更具有文學啟蒙的意義。初學者透過這些文學讀物，得到了激勵。以我為例，在我尚未習得日語之前，我所有關於日本文學的認知，以及對於日本文學的各種想像，幾乎是非常有限的。而為了彌縫心中的缺憾，舉凡各報章和雜誌譯介的日本文學作品，都是我蒐羅和閱讀的對象，更別說是結集成冊的譯本了。我知道這樣做，還是遠遠不夠，必須從日語原文進入，我方能有更多的領悟和發現。即使現在，我對於日文翻譯和解讀方面，比以前較有自信些，在教學相長的敦促下，新潮文庫《金色夜叉》中譯本，我一直視為是重要的翻譯教材。這個譯本不只譯出了尾崎紅葉筆下的愛情故事，突顯出其文字風格，還再現了存在於明治時期的社會問題。就這角度而言，志文出版這個譯本，恰巧適時地補足了臺灣翻譯明治時代通俗小說的缺位。試想，這些原本屬於學院教授春風化雨的份內事，卻由缺乏資源的出版社代行，豈不令人搖頭嘆息？

如今，偉大的出版人張清吉先生昂然離世了。然而，他在臺灣為文化和出版界留下的典範，不但沒有因此終結，而是以另一種持久的精神火把薪傳下去。在臺灣，從來不缺乏出版社之間的競爭，這亦是正常的商業活動，所以那些有風骨的堅持理想的出版社，當然值得我們付諸具體行動支持了。我真希望哪天能看見這樣的新聞報導：「某某人，因愛書至深成痴，以致於狂買書籍，刷爆了信用卡，一時成為可愛的卡奴，正待善心的律師相助，以求債務協商事宜……」

語言文學類　PC0835　秀文學28

日晷之南：
日本文化思想掠影

作　　者／邱振瑞
責任編輯／鄭伊庭
圖文排版／林宛榆
封面設計／王嵩賀

發 行 人／宋政坤
法律顧問／毛國樑　律師
出版發行／秀威資訊科技股份有限公司
114台北市內湖區瑞光路76巷65號1樓
電話：+886-2-2796-3638　傳真：+886-2-2796-1377
http://www.showwe.com.tw
劃撥帳號／19563868　戶名：秀威資訊科技股份有限公司
讀者服務信箱：service@showwe.com.tw
展售門市／國家書店（松江門市）
104台北市中山區松江路209號1樓
電話：+886-2-2518-0207　傳真：+886-2-2518-0778
網路訂購／秀威網路書店：https://store.showwe.tw
國家網路書店：https://www.govbooks.com.tw

2019年8月　BOD一版
定價：280元

國家圖書館出版品預行編目

日晷之南：日本文化思想掠影 / 邱振瑞著. -- 一版. -- 臺北市：秀威資訊科技, 2019.08
面； 公分
BOD版
ISBN 978-986-326-719-5(平裝)

1.日本文學 2.文學評論

861.2 108011789

讀者回函卡

感謝您購買本書，為提升服務品質，請填妥以下資料，將讀者回函卡直接寄回或傳真本公司，收到您的寶貴意見後，我們會收藏記錄及檢討，謝謝！

如您需要了解本公司最新出版書目、購書優惠或企劃活動，歡迎您上網查詢或下載相關資料：http:// www.showwe.com.tw

您購買的書名：______________________________

出生日期：________年________月________日

學歷：□高中（含）以下　□大專　□研究所（含）以上

職業：□製造業　□金融業　□資訊業　□軍警　□傳播業　□自由業

□服務業　□公務員　□教職　□學生　□家管　□其它_____

購書地點：□網路書店　□實體書店　□書展　□郵購　□贈閱　□其他

您從何得知本書的消息？

□網路書店　□實體書店　□網路搜尋　□電子報　□書訊　□雜誌

□傳播媒體　□親友推薦　□網站推薦　□部落格　□其他________

您對本書的評價：（請填代號　1.非常滿意　2.滿意　3.尚可　4.再改進）

封面設計____　版面編排____　內容____　文／譯筆____　價格____

讀完書後您覺得：

□很有收穫　□有收穫　□收穫不多　□沒收穫

對我們的建議：______________________________

____

____

____

請貼
郵票

11466
台北市內湖區瑞光路 76 巷 65 號 1 樓

秀威資訊科技股份有限公司 收

BOD 數位出版事業部

(請沿線對折寄回，謝謝！)

姓 名：________________ 年齡：________ 性別：□女 □男

郵遞區號：□□□□□

地 址：________________________________

聯絡電話：(日) ________________ (夜) ________________

E-mail：________________________________

恩仇之外：日本大正時代文豪傑作選

谷崎潤一郎、芥川龍之介、菊池寬、森鷗外著；祁淡東譯

定價：300元

短短十五年的大正時代，日本文壇有如盛開的櫻花；從反自然主義到新思潮，無數文學家在此綻放自我！本書精彩收錄：耽美派作家谷崎潤一郎的早期成名作〈刺青〉；短篇小說之神芥川龍之介的〈地獄變〉與〈南京的基督〉；芥川賞與直木賞創辦人菊池寬的歷史小說代表作〈恩仇之外〉與寓言小說〈投水自盡搭救業〉；大正時代與夏目漱石齊名的軍醫文豪森鷗外的歷史小說：〈高瀨舟〉與〈山椒大夫〉。

神國日本：小泉八雲眼中的日本（復刻典藏本）

小泉八雲原著；曹曄譯；蔡登山主編／定價：280元

甚麼是日本的「國民性」？大和民族與神道宗教如何影響日本文化？這是一本由日本現代怪談小說鼻祖小泉八雲的日本研究史，成書於明治時代的1904年，是明治維新後首批向世界介紹日本的著作。小泉八雲透過自身在日本生活十幾年的觀察與對西方宗教經典的理解，發掘了「祭祀」在日本文化所占有的獨特地位，分析了日本文化與希臘羅馬等西方文化的異同，並兼論神道教、佛教、儒教與基督教等對日本家庭、社會與文化的影響。

微物誌——現代日本的15則物語

蔡曉林　著／定價：300元

日本如何從戰敗最痛的硬日子裡，無損尊嚴地活下來？巧克力，一種由「前敵國」輸入的奢侈甜食，如何在戰後迅速收服日本這個戰敗國的民心？日本又如何面對戰爭這段複雜的歷史，並且成功「逆轉勝」，以明治巧克力等知名自製品牌擄獲美國人甚至全世界的味蕾？本書從巧克力展開一段故事，透過15個微觀的物件，介紹1945年至今，日本社會與文化的深層面向，開啟對於世界更多元與宏觀的想像。

隨著福澤諭吉、小泉八雲、與謝野鐵幹、菊池寬、佐藤春夫、井伏鱒二、林房雄、坂口安吾、宮本常一、太宰治、三島由紀夫、伊丹十三、安部讓二、業田良家、雲田晴子等人的腳步，感受日本文學與文化在邱振瑞筆下獨特的「私風景」。

ISBN 978-986-326-719-5

建議分類　文學研究/日本文學

吹鼓吹詩人叢書31

劉曉頤 著

春天以前
我們還是可以睡得很暖活得很好
像裂瓷的細膜遇到手

詩人**蕭蕭**、詩人**林群盛**・專文推薦

聯名好評推薦

詩人**李進文**　作家**李時雍**　印刻出版社總編輯**初安民**　詩人**林德俊**　詩人**凌性傑**　詩人**夏夏**
詩人**喜菡**　小說家**駱以軍**　詩人**顏艾琳**　詩人**嚴忠政**　詩人**顧蕙倩**　以上順序照姓氏筆畫

作者簡介

劉曉頤，小女兒的母親，文字工作者，創世紀詩社、乾坤詩社、野薑花詩社成員。相信要有光就有了光，相信低到泥土開出花。

東吳大學中文系畢，曾任電視台與出版社編輯，寫過UDN專欄數年，作品散見各報副刊、兩岸各詩刊、文學雜誌。得過飲冰室「我心中住著一個詩人」徵文首獎、雙溪文學獎。著有《倒數年代》（文史哲出版）。

封面攝影：Christina Koo